大衛·芬基諾斯 David Foenkinos ——— 著

賈翊君 ——— 譯

第一部

Première Partie

Deux soeurs

1

在最初的最初，馬蒂妲察覺到艾提安的臉上有某種異樣的表情。故事就是這樣開始的，以一種幾乎微不足道的方式。事實上所有的悲劇不都是這樣開場的嗎？

2

如果有人要她講清楚到底是什麼樣的異樣，她會說就是臉上有一朵雲，卻並不真的知道那是什麼意思。有那麼多種不同的雲，這個畫面很不精確。她在艾提安身上看到什麼？是某種單純的陰鬱情緒？還是一場強烈風暴的前兆？最好問一問他吧：

「一切都還好嗎，吾愛？」

「不好，我現在覺得不舒服。」

她認識他有五年了，五年來都是一樣地瘋狂愛著他。她從來沒聽過他這樣說話，這樣冷漠地表達不適。心慌意亂的她不知道該如何回話。馬蒂妲就這麼提出了她的問題，以這種雲淡風輕的方式，就像我們總是問別人過得怎麼樣，卻幾乎不期待得到答案的那種方式。她的印象便這麼建立了。她覺得艾提安怪怪的已經有好幾天了，彷彿這個人不在自己身上似的。她知道他因為工作而感到精神緊張，新老闆為他帶來難以承受的壓力，可是，拜託，他對於職場上的粗暴早就習以為常了。他早就見識過許多暴力的場面，卻從未在晚上把這些東西帶回到他們的兩人世界。馬蒂妲甚至一直都很崇拜他這種可以把事情處理得面面俱到的不可思議的能力，這樣的表現跟他是如此相襯。艾提安很愛把自己的人生分門別類，而這是頭一次馬蒂妲對自己提出這個問題，想知道自己的位置到底在哪裡？在哪一門哪一類？一種不好的預感油然而生，覺得自己落入了無感情區域，某處預示著廢棄物的荒地。

3

艾提安那天晚上大部分的時間還是依然沒什麼反應，也不太想說明原因。對馬蒂妲來說這是一種酷刑，但她應當要尊重他的選擇，她這樣告訴自己：發生在他身上的情況也會發生在她身上，那就是感到不開心，而且還沒有辦法去談論這個狀況。更何況這還是他們兩人的共同點之一，他們都是那種需要用沉默來讓傷口癒合的人。

她必須強迫自己放任他獨處在自己的角落，去反芻那些打擊他或者讓他糾結的事情，然後單單就是展現出一種善意的存在，做盡一切就是要讓他能夠在她眼裡讀到這樣的訊息：「如果你需要我，我就在這裡。」但他卻不期然地關上了房間的燈。他倒是有用手摸了一下馬蒂妲的背，然後才翻身面向自己那一邊，但她覺得這個動作冷冷的，不想說根本就是心不在焉。她想要再把燈打開並告訴他，在經歷了這樣的一晚之後她絕對不可能睡得著，可是她卻沒有辦法說出半句話。為了讓自己感到安心，她決定讓自己的思緒遊走在他們的回憶中。她在精神上把自己帶入他們去年夏天的影像，在克羅埃西亞共度的那兩週，其中有幾天是待在一座幾乎罕無人跡的島上。在這個天堂的中心地帶，他們興起了馬上結婚的念頭，艾提安甚至覺得自己準備好可以有小孩了。當時的一切都如此美好，如此強烈，讓人覺得好像某種永恆就要到來。

4

第二天早上，艾提安的話也沒有變多。他出門工作的時間比平常要早一點，離開他們的兩人公寓前，他又再一次地，用手摸了一下馬蒂妲的背，這個依然機械化的動作，令她覺得這次好像是出於某種憐憫似的。她給了他一個微笑，一個她希望如陽光般燦爛的微笑，可是他好快便轉過頭去。等到剩下她一個人的時候，她好想來支菸，可是她手邊沒有菸。她動也不動地待了一會兒，面對著她精心布置的早餐桌，她甚至在其中增添了幾筆低調的美的點綴，心想藉著把東西變美，也許一切都會變得更好。艾提安的雙眼卻一樣，好像瞎了似地對其視而不見，他沒有注意到桌上的那幾片玫瑰花瓣。這算是馬蒂妲常用的招牌特色了，這種希望保持正向與釋出善意的方式，以往是那麼頻繁地讓艾提安一覺醒來時，都會為自己得以與這樣的一位女子共享時日感到讚嘆。

5

馬蒂妲到高中教課從來沒有遲到過，她具有認真盡責老師的好名聲，愛護她的學生「如自己的孩子」。這些話，可是一位學生家長千真萬確地在一次班會上親口說過的。一如往常，她準時抵達位於巴黎郊區的學校，在車子裡待了一會兒，告訴自己必須先驅散自己的心慌意亂，才好去面對社交生活。然而艾提安的話還是糾纏著她，雖說真的就只是一句話，但在她的腦海中卻彷彿占據了一本俄文小說的空間。她在後照鏡中察看自己，奇怪的是，她竟然花了幾秒鐘才認出那是她自己。

終於下了車，她在停車場遇到貝提耶先生。這位校長是個高高瘦瘦的男人，就好像馬格利特的畫布上從天而降的那種[1]。他特別欣賞馬蒂妲，而且在上學年度要結束時，當她得到巴黎某一所私立中學的工作邀約時，他竭盡所能地留住了她。她最後拒絕了這個看起來非常有利的工作機會，是出於忠誠，也出於對學生的依戀，而且大概也是因為她欣賞現在遇到的這個男人的一片善意。然而，就在他要和她說話的那一刻，她卻託辭忘了某樣東西在車裡，這是一個避免跟他一起走上幾公尺的藉口。像這樣的首次晨間對話是她無法承受的。

6

一旦站在她那一班學生面前，馬蒂妲便覺得有辦法驅走自己的悲傷。話說回來也不對，也許不能說那是悲傷，我們姑且稱之為某種憂慮吧！

在課堂一開始的時候，她跟馬特歐交換了幾句話，這孩子自從父母離婚之後學業成績就一落千丈。她之前總會做些什麼來鼓勵他，有時候傍晚也會留下來久一點，以幫助他加強對文章的理解程度。馬蒂妲確信這麼做是有所回報的，因為最近這些日子以來，他確實有顯著的進步。馬特歐的命運可能真的會被馬蒂妲的態度所扭轉，當然現在要知道結果還太早。

法語課的時間最近正在學習《情感教育》這本小說中的一段。每一年，馬蒂妲都喜歡分享她自己對於這本小說的熱情，在她眼裡，這本小說是福樓拜最

1　譯註：這裡指的是比利時超現實主義畫家 Magritte 的畫作《Golconde》。

美的著作。她記得自己高中時是如何學到這本小說，而且這件事還改變了她的人生：從此以後她的生活就離不開文學了，她的職業也是由此而生。她從斐德列克·莫侯初次發現阿爾努夫人的那個著名的片刻開始讀，那是激情的誕生，福樓拜是這樣描寫這位年輕男子欣喜若狂的情感：「彷彿像是看見聖靈現身。」不過在朗讀這個句子的時候，馬蒂妲卻成了失足的受害者，把句子念成了：「彷佛像是看見幽靈現身。」

7

午休的時候，她滿懷期待地打開手機。她在課堂之間故意不去看手機，好讓自己更有機會收到訊息。她等了一會兒，有時候在建築物內手機的訊號會不太好，不過依然什麼訊息也沒有進來。螢幕上的空白重重地打擊了她[2]。

莎碧娜，這位跟她處得最好、卻不足以確切定義為朋友的同事，正等著她一起去食堂。這兩位女子經常一起吃中飯，交換一些做同樣工作的過客之間的對話。

馬蒂姐對她比了一個手勢，意思是「不要等我」；或者是「我晚點再跟妳會合」；又或是「我今天不餓」，我們永遠不會真的知道一隻手到底想要說什麼。然而莎碧娜倒是明白了她得一個人去食堂吃飯。

馬蒂姐在走廊上待了一會兒，面對著她的手機。她嚴厲地怪罪艾提安竟然像這個樣子把她丟在沉默之中。往常，他們每天都會通電話或至少傳訊息給彼此好幾次，尤其是當他們在冷淡中離開彼此之後。她尊重過他的不舒服，但到了某個時間點上，不管是出於愛還是出於禮貌，我們都不應該讓另一人留在五里霧中。她嚴厲地怪罪於他，然而要不了一分鐘她卻又改變了心境，寫下這則訊息：「吾愛，我好想你。我希望你今天感覺有比較好了。別忘了我都在這裡。我迫不及待期望今晚和你在一起。」這天下午，她在每一堂課的下課時間打開手機，卻還是什麼都沒有，沒有半點回應，暴力持續以這種缺席的方式出現。

2　作者註：一種現代人的痛苦。

8

當天晚上，他總算把糾纏著他的事情付諸話語。他頗為狂躁地說：「我要離開這間公寓。」馬蒂妲不是非常明白，這句話是被扭曲了？還是這是一個笨拙的表達？為什麼不說：「我要離開你？」他提到公寓，彷彿是為了要讓這個他沒辦法定義的局面變得具體。分手總是充滿了含糊其詞、日積月累沒說出口的話，往往還有為了不想傷人而說出的謊言。得由她來讓他再度開口才能得到確切的訊息，好從給她定罪的句子當中去尋找隻字片語：

「什麼意思？你希望我們住在兩個不同的地方？」

「不，不是這樣。」

「那是怎麼樣？艾提安，我拜託你，跟我說啊。」

「很難說。」

「你什麼都可以告訴我。」

「我覺得不行。」

「可以的。」

「我要離開妳。我們的關係結束了。」

馬蒂妲驚愕到無法反應，至少在第一時間，她沒有力氣說出半句話。他靠近她，依然只是為了完成那個同樣的該死的手部動作，撫摸她的背。所以這真的是一個出於憐憫的動作，她粗暴地推開他，然後結結巴巴地說：

「不可能。不可能。不可能。」

「我很抱歉。」

「去年夏天……我們有說到……你希望我們結婚的。」

「我知道。」

「發生什麼事了？」

「沒事，我就是感覺應該這樣。就是這樣。」

「可是我們不可以像這樣突然不愛了吧？不可能這樣的。」

「……」

「給我們一個機會，我求你。」

「我已經下定決心了。在找到公寓之前，我會去我表哥家住。妳可以留在這裡。」

「留在這裡！留在這裡！」馬蒂妲終於抓狂了。「可是這怎麼可能！這裡到處都是你。到處，到處，我會死在這裡。你以為沒有你我還可以睡在我們的床上？你以為可以嗎？」

「我不知道。我不想讓事情變得對妳太複雜，如此而已。」

「真的嗎？你會關注到我的感受？真的？那麼，就跟我解釋啊！」

「這不是妳……」

「啊！不，別來這套噁爛的例行公事。不要來這套！」

她癱倒在沙發上，彷彿被痛苦扭曲得直不起腰來。艾提安被眼前這個場面給嚇僵了，馬蒂妲受痛苦折磨的面容看起來幾乎不像個人。他終於還是靠近了她，她再度推開他，不過她再也沒力氣了，她的身體似乎真的不存在了。一分鐘之後，也許還過了更久，在這種情況下要估量時間是很困難的，她要求他離開，而且是馬上離開，「對，你走，你馬上就走！」她不斷地重複下達這道禁令，以一種病態的喃喃碎念。他不想放著這樣的她不管，可是她眼中的暴力卻是那樣的毫不留情。他觀察了她最後一次，直直望入她的眼裡，然後便決定離開公寓。

幾分鐘之後，當她發現真的只剩自己一個人了，她發給他一則訊息：「我求你，不要這樣，我會死的。」

9

晚上更晚一點的時候，依然趴伏在沙發上的馬蒂姐想到：「沒有人應該知道這件事。」這就是她奇怪的邏輯：「如果沒有人知道，這件事就不存在。」她想到學校，絕對不可以讓莎碧娜或是任何人得知剛才發生的事。在世人的眼裡，艾提安去年夏天在克羅埃西亞實際上就已經跟她求婚了，所以他們原本就要結婚的。一整夜下來她發給他大量的簡訊，內容從要求解釋到苦苦哀求，但所有的訊息都沒有得到回覆，她想要從窗戶跳出去。

接近午夜的時候，她下樓到一間酒吧去喝酒。她從來沒有想像過這種事有一天也會發生在她身上，帶著難以壓抑的渴望想要把自己灌醉，好碾碎這難以忍受的痛苦。有個男人開口跟她說話，她心想她可以跟他睡，既然她現在是一個人了。說到底，不是睡，而是毫無理由地把自己獻出去，也許還是有這樣一個理由，就是把自己弄髒，逃避，或是死掉。她最後還是上樓回到家，喝醉酒也無法解放她。酒精攫取了她的痛苦，並賦予她的身體一種完美無瑕的敏銳感，即將來臨的懲罰會是最酸楚的清醒。

10

早晨的到來彷彿只是黑夜的延續，甚至可以說，還帶著另一個夜晚的顏色。

11

她花了長長的時間淋浴，積極地用肥皂搓洗身體，彷彿藉著清洗自己，就可以擦拭去最近所經歷的一切。她決定把衣服丟進垃圾桶（一種衝動），她再也不想看見艾提安離開的這一天她所穿的這身衣服。她以一種機械化的方式執行前面說的所有動作，甚至還有點粗暴，宛如一個戰士似的。可是她在這場要進行的格鬥當中是孤身作戰，眼前沒有人做為對手，她攻擊的是一支影子大軍。

12

在學校的停車場走出車子的時候，她遇到了校長。總之就像每天早上那樣。在分崩離析的人生的核心，一切都保持不變，彷彿在跳一支不向個人悲劇低頭的芭蕾舞。貝提耶先生每天早上都是同一張臉，然後微笑著說出每天例行公事般的那些讓人愉悅的平庸話語。馬蒂妲玩著這個遊戲，用「對，很好，您呢？」來做為回應。她意識到不要當自己何其容易，她先前以為所有人都能從她的臉上讀出她的心慌意亂，沒這回事，貝提耶跟那些在她的日常中出現的所有臨時演員一樣，沒有察覺到任何特異之處。這點更加重了她的不舒服。當然，她是希望不要顯露出自己的任何感受，但這種泛泛的化妝舞會逼迫她明白一件事實，就是無論發生什麼，我們都無可救藥的孤獨。

13

跟前一天一樣，馬特歐在教室前面等她，他伸手交給她一包東西。

「這是要給我的嗎？」馬蒂妲問，儘管情況再明白不過。

「對，我的父母親想要謝謝您。」

「為什麼？」

「為了您為我所做的一切。」

「我沒做什麼大不了的事。」

「您別這麼說，老師。您支持我一路走過來，您對我太好了。」

「……」

「那麼，您要不要打開您的禮物呢？」

「好吧……」

馬蒂妲輕輕撕開包裝紙，彷彿不想破壞它。然後她看到了一個金色的相框。

「我希望您會喜歡這個禮物。這是我昨天跟母親一起挑的。您可以在裡面放上您想放的照片。」

「……」

「您喜歡嗎?」

「喜歡。謝謝你,馬特歐。這禮物讓我很感動……」馬蒂妲說道,感覺到她的心中有一股激動的情緒湧了上來。

她看了看空蕩蕩的相框,然後那個象徵性的意義朝她迎面撲來。這就是她的人生,她的新生活,一個空框子,裡面什麼也沒有。彷彿就像是對命運的一種殘暴的嘲諷。她哭了起來,強湧而出的淚水,是所有從前一天開始就忍住的淚水。在處於震驚狀態的時候,她的眼睛一直都是乾的。現在她的痛苦噴湧而出,就在看到一個微不足道的禮物之後。

目瞪口呆的馬特歐,最後結結巴巴地說:「這……這只不過是一個相框而已……」馬蒂妲一面感謝他,一面試著重新掌控自己的情緒。可是她的面孔看起來就像是個獨立自主而且還在淹水的王國,被一場沒有辦法可以控制的洪水所襲擊。

她最後總算走進了教室，在全班學生驚訝的注視之下。一個女生悄聲地跟另一個女生說：「她一定是懷孕了。我媽也是這樣，當她懷我妹的時候，她總是在哭，不管是為了什麼雞毛蒜皮的小事都一樣。」

14

福樓拜出來接手掌控了局面，然後這一天總算得以展開，免於再遭受其他積液傾洩的干擾。

15

這天晚上，馬蒂妲躺在沙發上。她不可能睡在房間裡。她白天什麼也沒吃。而且一直沒有來自艾提安的任何訊息。更糟糕的是，有一些他們的親朋好友倒是傳來給她的訊息。所以說他已經通知了所有人，很可能他甚至還要求他們來跟受害者探聽消息，這真是比可悲還要可悲的事。艾提安的妹妹傳來了如下訊息：「我哥都跟我說了。我很抱歉。假如妳有任何需要，都可以來找我。這件事不會改變我們的關係……」這件事當然會改變一切。馬蒂妲絕對無法忍受會讓她想起艾提安的任何人出現在眼前。五年下來，他已經感染了所有她身邊的人。她再也無法去見任何人，她除了失去她愛的男人之外，她還失去了整個人生。她頭一次感覺到某種憤怒，是這個想要為她的混亂苦惱找到罪魁禍首的渴望。一種前所未有的暴力穿透了她，然後她冷靜了下來，然後這種感覺又再度回來，就這樣不斷地反覆。她的精神狀態在怒氣昂揚與垂頭喪氣之間來來去去。這情況令人筋疲力竭，可是她卻沒有辦法睡著，彷彿她被判了就是要冷眼觀看自己落敗的罪。

16

要是她的母親還活在世上就好了，她就可以在她的懷裡哭泣。

17

馬蒂妲時常想到二〇〇二年十月十二日這個夜晚。那是距離她生日的兩個星期之前，她就要滿十四歲了。時間很晚了，奇怪的是，她就是沒有睡意。她聽得到睡在上舖的姊姊有點大力的呼吸聲。阿嘉德十五歲了，兩個女孩子之間這麼微小的年齡差距，讓人很難看出哪一個才是姊姊。人們幾乎可以相信她們是一對雙胞胎姊妹。

就是在那個時候，馬蒂妲聽見了母親的叫喊，令人想要立刻用手摀住耳朵的那種淒厲的叫喊。她跳下床，卻在走出房間之前定住了。也許公寓中有入侵者，而她母親尖叫就是為了警告她們這件事，她應該要盡快推一張家具過來堵住房門。在那個年紀，她很喜歡看關於社會案件的電視節目，而這點很可能誘發了關於這個病態情節稍縱即逝的幻想。情況完全不是那麼回事。在尖叫聲響起之後，寂靜的夜晚又恢復了原貌，不再有半點噪音。她的母親一定是單獨一個人，馬蒂妲最後終於隱約聽到某種持續的嘶啞喘息聲，從她父母的房間傳來。她決定過去看看，用緩慢的步伐，彷彿為了要延緩得知她即將發現的事。那聲叫喊依然在她腦海中迴盪，伴隨著種種假設。她在門後面發現了母親，彷彿窒息般地倒在地板上，整張臉浸在淚水中。電話還握在她的手裡。母親的這個痛苦的形象將永遠糾纏著她。

幾分鐘之後有人按了門鈴，是已經盡快趕來的阿姨。就在接到警方來電告知她的丈夫在一場車禍中身亡之後，母親立即通知了自己的姊姊。這是一個本能的反應，她沒有尋求任何安慰，她單單只是知道自己將會沒有辦法照顧自己的女兒。阿姨告訴馬蒂妲說她最好還是回去自己的房間。情況很荒謬，她不想丟下母親在那種狀態當中，可是她決定要乖乖聽從別人告訴她的話。在那一刻，她自己的痛苦，剛剛得知自己父親死訊的那種身為女兒的痛苦，好像並不存在似的。她幾乎感覺不到這個死亡，說真的，這個死亡對她而言很單純地就是一件不可能的事。這個死亡在她看來只是一個消息，而不是什麼具體的事。就好像我們聽到發生在世界另一端的地震或是墜機意外的受害者人數，卻沒能夠跟上現實情況那樣。在她看來，她的父親隔天早上依然會在那裡和她共進早餐。

馬蒂妲回到自己的房間，任由悲劇一點一滴地侵襲。她觀察姊姊沉睡的平靜面孔，看了好長的一段時間。她還在那個現在已經不復存在的世界裡航行。父親的死將會把她們推入另一種童年，另一種人生。馬蒂妲希望姊姊還能睡上很久，盡可能地延長她在現實之外的停留時間。這種懷抱著善意和保護的態度未必反映出她們之間的關係。這兩個女孩經常吵架，她們之間的關係在這個年紀就好像在坐雲霄飛車。馬蒂妲在母親的眼淚和姊姊的平靜面孔之間度過了一夜。

18

葬禮過後，母親陷入了一種真正的憂鬱。她的女兒們被送到了阿姨家去，儘管她們對此興趣缺缺。在父親過世之後，這就像是一種雙重的痛苦。不過她們很清楚母親失能到何種地步，再也沒有能力照料她們的日常生活。「她需要獨處，才好重建自己」，當時人們是這麼說的。還有某件沒人知道的事情，而這件事情困擾著她。她與她的丈夫、這個她生命中的男人、她女兒的父親，他們之間最後一次的對話，其實是一場爭吵。為了一件瑣事，不是什麼很重要的事，可是這一點在她眼中卻又加強了難以承受之重，因為在她的心裡，他們是在一種負面的情緒之下天人永隔的。如果就是這個壓力讓丈夫的心情產生了不好的影響，在他開車的時候呢？不，這種罪惡感把她推得太遠了，沒有任何具體的證據能印證這樣的可能性。更何況他並不是事故中須負起肇責的那一方。她感到自己越來越被一種苦澀的情感所侵襲，如果不要說那些厭惡的話，她想要最後一次告訴他，她有多麼愛他。但現在已經不可能了，她依然暴力地被懸吊在這種未能完成的感傷之中。

為了她的兩個女兒，她必須要重新振作起來，縮短痛苦的時間。幾個星期過後，阿嘉德與馬蒂妲回來了，可是再也沒有任何事像以前一樣。想要為這個嶄新的三人組重新注入一點生命力的企圖心有點太過刻意，嗅得出缺乏自然的氣息。女孩們只求一件事：讓媽媽的生活變得更單純。不要再發生一丁點的危機，不要再表達出絲毫的欲望，她們把心包裹在圍巾裡過日子，氣氛是如此的詭異。做母親的舉辦了照片晚會，在這樣的聚會中，大家用各種角度來回顧亡者；用現在式來談論他，好像他還活著。這些回顧展往往也帶著一種病態的調性。兩個女兒感覺彼此更貼近了，這是一種家庭存續所必須的聯盟形式。她們會永遠團結一致，彷彿死亡更進一步地強調出彼此命運的貼近。

然而一切很快便會產生一個不同的轉折。

19

幾個月之後，母親感到胸部一陣劇痛，她讓癌症奪去了性命……

20

這種突然相繼失去雙親的經驗，使馬蒂妲比誰都更清楚，幸福是可以灰飛煙滅的。艾提安粗暴的決定，就好像她既知經驗的翻版。反覆思索他們愛情生活的最後片段，馬蒂妲開始在其中的這裡還是那裡發現一些後來發生之事的預兆。她之前腦袋不夠清楚，現在回想起來，他變得不一樣已經有幾個星期了。那時候兩個人的工作都很忙，於是她便單單只是告訴自己，生活不可能永遠都像他們八月份在太陽底下度過時那樣。在克羅埃西亞的幸福回憶有時候會令她懷念不已，不過她依然深信他們還有那麼多的東西可以一起分享。

馬蒂妲任憑自己讓一股罪惡感侵襲，她寫了幾則帶著這種意思的訊息傳給艾提安。「對不起，我不夠了解你的感受，你的心路歷程……」依舊沒有辦法承認他們的關係已經結束了，她仍嘗試著用各種角度去重新書寫他們的關係，可是要改變一篇已經完成的故事是不可能的。他不回應訊息，並不是因為他不敏感，而單單只是因為他認為不要維持一種為他們關係的衰亡下註解形式的通訊，對雙方都比較好。儘管在缺乏溝通的情況下，馬蒂妲還是繼續相信艾提安有可能會回來，他一定會意識到自己的錯誤，他們不可能過沒有對方的日子。這種對於現實的扭曲，這種盲目的本身，讓馬蒂妲得以在不崩潰的情況下繼續前進。每天，在高中，她花上好幾小時解釋文章，分析作者的意圖，然而她卻不再能夠掌握發生在她自己身上的事情的關鍵。在她看來小說中一波三折的劇情反倒顯得如此清晰[3]。

21

另一本小說，是莎碧娜這一本。她很愛談論自己，這點與馬蒂妲完美合拍，打從前幾次的事件以來，馬蒂妲就無法承受最微不足道的交談。今天，莎碧娜並

3　作者註：「我也許應該走進一部小說中去過日子」，她想。

沒有傾訴在工作上遭遇的挫折，而是大談她的愛情生活。她剛剛跟一個最近在交友網站上結識的男人過了夜。「儘管他在寫訊息的時候感覺是個很放鬆的人……可是，在那個當下，妳懂嗎？我看到一個有點緊張的男人走過來。真的很單純啊，我甚至懷疑那些訊息到底是不是他寫的。好在，他最後終於放鬆了下來。我們開始喝酒，然後那天晚上就飛快地過完了。通常我至少要等到第二次約會才會上床，妳知道的。可是在那當下我就想要。他還算是滿帥的啊，於是我就邀請他回我家了。我們馬上就做愛了，過程其實一點也不差，只是我原本期待會更好而已。他沒有十分關注我，如果妳明白我的意思的話。一完事，他就點起一支菸。這種時候氣氛總是有點詭異，我們彼此沒什麼話好說的。不過我希望首先開口說話的人是他。原則問題啊。五分鐘後，他總算拿定主意。於是，他告訴我他該回家去了。沒問題啊，我習慣了，我還比較喜歡這樣。通常，我不喜歡兩個人一起睡。我不敢對他提出那個問題，就是他是否還想再見到我。然後呢，妳知道這個王八蛋跟我說什麼嗎？他滿不在乎地告訴我說他結婚了。妳聽到了嗎？」

「……」

「你有在聽我說話嗎？」

「有啊。」

「他先是連著說了兩、三個陳腔濫調，然後才告訴我，你聽好了：『我寧願說真話，因為我跟你度過了一個很棒的夜晚。你是個很棒的女孩，所以我就告訴自己還是要誠實以對比較好。我該回家去找我老婆了。』你認識我的，知道我的反應是很快的，可是在那當下，我竟然不知道該回應什麼。他穿回他的四角褲、他的襪子，然後他就離開了。他跟我說的所有那些關於他的工作、他的熱情，還有其他關於他人生的東西，有可能全是假的。我沒睡好覺，你可以想想。我受夠這些沒頭沒尾的網交了，我要停掉所有的網站，我寧可落得變成老姑娘。」

「別這麼說……我確信你會遇到好人的。」

「你這話倒是說得輕鬆，你在幸福裡游泳啊！」

整個下午的時間，馬蒂妲都在思索這個說法：在幸福裡游泳。但當我們游到岸邊的時候，又會發生什麼事？

22

艾提安的沉默是壓在她心頭的沉重負擔。她寫訊息告訴他說她需要跟他談一談，他沒有回覆。有些日子真的很難以忍受，在下課的時候她不得不把自己關在學校的廁所中哭泣。

他們的親朋好友繼續傳訊息給她，每一次有人來問候她的消息的時候，她又會覺得自己變得更可憐兮兮；他們要求要見她，她藉口工作太忙。她最後接受了伯諾瓦的來訪，他是艾提安最要好的朋友之一。他應該是來出特別任務的，由劊子手派來，就好像某種分手之後的售後服務。他之後定會去向他匯報。她應該讓自己看起來怎麼樣？鬱鬱寡歡好激起憐憫讓艾提安回來？還是以誇張地開心好讓他後悔自己的離開？她可沒這麼好騙，他會來看她一次或兩次，他們會交換一些訊息，然後很可能他們就再也不會見面了。但她卻在最重要的一點上搞錯了——伯諾瓦並不是使者。他是真的在意她，想知道她過得怎麼樣。他之前對她總是殷勤體貼，而且非常熱忱地接納她融入艾提安的朋友圈中。

當他按門鈴的時候，馬蒂妲從門上的貓眼洞觀察了他一會兒，然後才開門。他的樣子看起來有點緊張，就好像要去探望一個情況很令人擔憂的病人那樣。伯諾瓦手上拿著一包東西，馬蒂妲反射性地想到：「如果是巧克力，那麼他就是以為我憂鬱到了極點。」她最後開了門，他對她抱以一個燦爛的微笑，然後在走進客廳的時候說：「我給妳帶了巧克力來。」

片刻之後，他們在客廳的桌前坐下來，喝茶閒聊。尷尬之情溢於言表。在針對政治與藝術新聞交換過意見之後，他們聊到了他們的職場生活。此刻最大的難題是要不顧一切地避免落入沉默，沉默就像是一道會把他們兩人都吞沒的裂縫，而在這個懸崖底部的，是談論艾提安的義務。話雖如此，但是顯然這就是此次會面的目的啊。其餘的部分全都是漫長又難以消化的開場白。話說回來，也未必全然如此，無論如何，對於伯諾瓦的來訪，馬蒂妲還是有得到某種程度的樂趣，她覺得他博學多聞又迷人。她甚至覺得他這個人很細膩，直到他說出這句話的那一刻：「妳知道嗎？其實他也很辛苦的。」

這種話她聽不下去。讓她陷入驚恐的人是他，必須由他來負責，這下好了，他可以在這裡還是那裡遇到一些辛苦的片刻，而且一定跟無緣無故就離開她的罪惡感息息相關。可是她卻以某種方式要求獨占了痛苦的專利權。

「他真的愛過妳。」伯諾瓦又說。

「真正的愛是不可能會停止的。」

「當然，我們沒辦法把一切都掌控好。」

「可是他沒能掌控好什麼了？」

「……」

「告訴我啊……」

「沒有，沒事。」

「你做了個鬼臉。我是不是應該要知道某件我不會知道的事？」

「沒有……」

「伯諾瓦。不要這樣對我。」

「我以為……他有告訴妳。」

「我什麼都不知道。我活在這種什麼都不知道的狀態好幾個禮拜了。」

「我……」

「什麼？」

「那也不是他願意的……」

「什麼？」

「當他在見到她的時候。」

「誰？」

「妳很清楚是誰。」

「……」

所以原來如此啊。

依莉絲回來了。

馬蒂妲震驚不已。伯諾瓦想要回到前一步，他是帶著巧克力來的，原本是一場具有騎士精神的拜訪，甚至是友好的拜訪，現卻轉變成為一場大爆炸。他剛剛在客廳裡引爆了一枚炸彈，他看得出來，他感覺到了。不過，馬蒂妲卻企圖留下好印象，完全不動聲色。她最後說出她最近工作很忙，這是她用來克服這個低潮困境的方法，而且還說她很累。伯諾瓦懂了，他們互相承諾很快就會再見面，當然他們是不會這麼做的。他離開了公寓。

還有，謝謝你的巧克力。

23

依莉絲。

依莉絲。

依莉絲。

依莉絲。

依莉絲。

依莉絲。

依莉絲。

依莉絲。

依莉絲。

依莉絲。

依莉絲。

依莉絲。

依莉絲。

依莉絲。

等到她只剩自己一人，馬蒂妲就開始在紙上寫下這個該死的名字，寫了好幾張紙，彷彿是某種邪惡的咒語。為什麼艾提安什麼也沒告訴她？她馬上發給他一則訊息要求他解釋。好幾個小時過後他回了（他一定是在忙著幹她，馬蒂妲心想），說他之前沒有力氣告訴她真相。那個無法躲藏的真相，清楚無瑕的真相，某種戀愛方程式，只造成一個受害者：她。依莉絲回來了，在澳洲度過五年之後，然後重新占領了她的位置。彷彿什麼事也沒發生，彷彿馬蒂妲不曾存在過。她成為某種括號中的內容，整個人生都沒有了意義。那些回憶，那些計畫（她快瘋了，因為喃喃重複這段在克羅埃西亞談到他們接下來要結婚的對話），那些歡樂的討論或是無足輕重的爭執，這一切都不過以一個等候室的形式存在於他的人生，直到另一段人生出現。

這個意料之外的暴力把她撂倒了。直到現在之前，她都可以緊緊抓住這個想法：自己經歷了一段沒能善終的美麗愛情故事，就像所有的愛情故事那樣。這很殘酷，不過人生就是這樣，她又邁入了更高一級的痛苦，同時因為在男人的心上塞住了一個洞而產生了這種理直氣壯的感覺。這個男人曾經是她的整個人生。感到屈辱是一定的。然而，依莉絲對她造成的困擾可是從來沒有停止過。她不是從天上掉下來的，而是從過去掉出來。甚至在他們的故事剛開始的時候，她的存在就十分強烈。馬蒂妲曾經很清楚地感覺到那段情感的幽靈在他們的開端徘徊遊蕩，有時還在他身上強加了一種憂鬱的調性。真相還要更為複雜：當時這個被分手損傷的男子感動了馬蒂妲。她讀了太多十九世紀的英國小說，這點造成她對於浪漫主義和痛苦磨難產生了同步的渴望。

隨著時間過去，他們變得越來越幸福。當然，要去想起另一段故事還是令人難以忍受，在那個時期艾提安瘋狂地愛戀著依莉絲。愛情應該永遠都是元年。她曾經有想過之前的這個女人，而且還想要知道更多：

「跟我說說發生了什麼事……」

「妳真的想知道？」

「對啊……我想是的……」馬蒂妲回答，受到有時候會愛上傷害我們的人的這種奇異感覺所驅使，她想知道艾提安的戀愛過往。這段往事迫使她面對一項痛苦的明證：在愛上她之前，他們愛得更深更烈。

他們的故事是這樣的：經過兩年的熱戀之後，依莉絲幾乎可以說是在一夜之間離去。她藉口說想要改變人生。她覺得自己在巴黎沒能大展身手，在巴黎看不到事業上的展望。更年輕一點的時候，她一直告訴自己，有一天她會去澳大利亞生活。住上幾個月或是幾年都好，都無所謂。出發去冒險、發現新視野，不是什麼很有創意的想法。我們覺得「出發去澳大利亞」好像是所有二十歲歐洲人[4]掛在嘴上的一句很普通的口號，而她與艾提安的相遇阻擋了她去實踐這個渴望。還有，儘管她愛他，她還是不斷地想到這段韻事阻撓了她的命運。因此她決定離開。可是艾提安早就察覺到她的猶豫。否則若是讓她以一種乾淨俐落又坦率的方式離開他，應該會比較好。「我拜託妳……不要走……」他如此懇求她。「我們很幸福啊」，他原本還想加上這一句，然而必須要認清事實：一個想要離開並前往世界的另一端生活的女子，和你在一起是不可能全然幸福的。他也曾經試圖去理解她的論點，這種自我實現、自我解放的需要，但對於這段關係來說，這是一種什麼樣令人無法忍受的糟蹋啊！目睹這樣的幸福受到踐踏，他最後告訴自己，有些愛情故事之所以會夭折是因為開始得太早了。依莉絲沒有足夠的人生經歷，這就是她心頭上的重擔，他無法與之對抗。她丟下了他，這個荒謬的結局令他目瞪口呆。

她提議保持聯絡，但他最後還是切斷了所有的連結。他寧可沒有依莉絲，也不要那種東一點西一點、分散在各處的零星對話，四處遊蕩活像是迷失的靈魂。

艾提安有時候會去ＩＧ上看依莉絲的照片，但這樣終究還是令他覺得太過難受了。於是他轉而進行了二度分手——社群網站的分手，在自己的所有頁面上「封鎖」她。她也做了一樣的事，這就是現代愛情的結束。

24

他接二連三地談了幾段風流韻事，每次都感到更想念依莉絲。別的女人讓他想到的總是同一個女人。她曾經是他的初戀，而他卻把這段戀情過得活像是無期徒刑似的。然後，他還是得相信事情並非如此，我們還是可以換本書讀讀看的。艾提安第一次見到馬蒂妲的時候，他覺得她實在很迷人。每當人家問他哪一類的女人才是他的菜時，他都沒有辦法回答，他覺得自己沒有任何確切的偏好。所有的女人都有可能讓他喜歡或是讓他不喜歡，可是馬蒂妲讓他立即覺得喜歡，而且甚至還是直覺性的反應。當時他的心裡依然塞滿了依莉絲，不過，卻是破天荒頭

4 作者註：我們應該可以說「出發去印度」是四十歲歐洲人的口號，而「出發去瑞士」則是六十歲的歐洲人給自己的口號。

一次，他意識到自己渴望再見到另一個女孩。而且，當然了，這個感覺是有所回報的[5]。馬蒂妲也有這種感覺，覺得自己認出了這個男人，覺得自己並不是第一次遇見他，而是他已經存在於她的心中，就好像一種戀愛的預感。

他們兩人在一間公寓的陽台上重逢，在一位共同朋友家的晚宴上，而且，他們其實都不太認識這位共同朋友。姑且就說，是一位共同的點頭之交吧。就是從你的生命中路過的那些人其中之一，而且這個人，不由自主地，成為即將撼動你人生的始作俑者。

所以說，兩個戀人接下來會對彼此說個不停的就是這個場景。所有的愛侶，在敘述事情的興奮中，都很愛回憶他們第一次的諸多細節。往往以為相遇過程中的一切都很瘋狂或是不可思議，然而在大多數的情況下，一切都只不過是平凡無奇的光芒。

「你有發現嗎？真的很瘋狂啊……畢竟……兩個人會在陽台上重逢，同時出現在那裡。」

「對啊，不可思議。」

「而且還有一點也很瘋狂，就是我們兩個都不抽菸。」

「對啊，不可思議。我們只是出去透透氣。」

「這樣還是很美。尋找空氣……然後找到愛情。」

「總比反過來好！尋找愛情……然後找到空氣。」

「哈哈……」

他們兩個人都為這個愛情初步摸索時的美妙蠢話而發笑。

馬蒂姐很快便注意到艾提安會有憂鬱發作的傾向。依莉絲還在阻礙這個張開雙臂迎接幸福的他。馬蒂姐用上她所有的愛情能量來驅走這種憂鬱，同時把當下轉變成一個禁止過去鬼魂進入的王國。她漸漸地成功了。有一天，艾提安宣布：「我不

5 作者註：曾經寫過關於福樓拜的論文的她，是真正地理解這句話的含意，這句話講到與所愛之人的相遇：「宇宙突然變大了。」

知道我當初怎麼會愛上她，她既懦弱又令人瞧不起。現在她在我眼中還不如一個枕頭套那麼重要。」過去這才結束。至少就目前而言是如此。

25

依莉絲回來好幾個月了。她一抵達就聯絡了艾提安。她不希望他是在突如其來的情況下，從共同的朋友那裡得知她的歸來。在這些共同朋友那邊他們有可能會遇上彼此。

艾提安對這個消息依然感到驚愕。依莉絲只單純地寫了：「我想要通知你我已經回到巴黎了。我希望你一切都很好。擁抱你，依莉絲。」五年音訊全無之後的三句話，讓他不知道該回什麼。需要確認這則訊息嗎？「很好。歸國愉快。」她在等待一個徵兆嗎？還有最要緊的——他希望再見到她嗎？他也不是很清楚。他想到在咖啡館的那種平庸的重逢，大家彼此快速地敘舊，有一搭沒一搭地跳過好些年，然後就是一段結束在可憐的死巷子裡的對話。人生過去了，我們再也沒什麼好說的。我們當然會避免提到分手的悲情。我們會跟這個人進行一段禮貌而社交的對話，這個曾經有一段時間算是我們人生中最重要的人，這個我們原本可能會跟他一起自殺的人[6]。硬要把這些往自己身上扛也實在太荒謬。所以，艾提安沒有回覆。

幾個星期過後，她又發了個新訊息過來，以同樣漫不經心的口吻：「我知道你沒有回我的訊息，不過我只是想告訴你，要是能跟你共進午餐會令我很高興的。依莉絲。」艾提安又墜入了跟第一次同樣的狀態，他真的無法判斷自己到底想不想見她。好幾次他還是想到，也許見見她會讓自己感覺好一點。想像她回到巴黎是因為她在那邊的人生並沒有成功。以一種自戀的觀點來看，他也許會覺得開心，看到她在選擇離開他之後遭遇到失敗。不，並不是真的如此。他的感覺並不是這樣。他一直都希望這

6　作者註：想到這句話的時候，艾提安是在參考一部依莉絲跟他都很推崇的電影：楚浮（François Truffaut）的《婚姻生活》（Domicile conjugal）。就是在這部電影中，男主角安托萬・杜瓦內爾（Antoine Doinel）的日籍女伴 Kyoko 對他說：「如果我要跟某個人一起自殺，我會很希望那個人是你。」

個女人能夠過得好，他會希望她永遠都過得好好的。隨著時間過去，他最後還是明白了她離開的理由。他只會期許她過得快樂，而且祝福她能在某處找到——那個讓她似乎帶著某種壓抑著的狂躁，卻不斷在尋找的東西：某種形式的平靜。

這是第二次了，艾提安決定不要回覆，然而前一天晚上卻發生了一件事。荒謬、可笑、無比渺小的一件事，所造成的後果卻相當重大。他和馬蒂妲吵架了，就好像無論哪一對情侶有時候都會因為一件微不足道的小事而生氣那樣。一種完全沒有具體根據的心浮氣躁。就只是對一則手機訊息的誤解、被錯誤詮釋的一句話、甚至可能是一個放錯位置的逗號，卻改變了整句話的語氣。是的，也許就只是因為一個逗號。然而正是這個逗號，即將改變好幾個人的未來。

這天早上，艾提安離開住家的時候，還依然為那個誤解感到憤憤不平。在這類情況下，我們會以一種失去理智的方式發怒，我們會心想我們再也受不了了。我們想要粉碎過度的鬱悶情緒，因為我們同時很清楚，晚上經歷和解時會讓我們感到瘋狂的幸福。這種暫時性的壓力不會留下任何懷疑的空間：艾提安愛馬蒂妲。可就是因為這場誤會，他才會傻傻地心想：「既然如此，我就回覆依莉絲吧。」

於是他便這麼做了。

26

艾提安完全沒有告訴馬蒂妲關於這頓午餐的事，而且他最後還感到頗為開心可以去赴這個約，因為自己完全擺脫了過往的魔鬼。然而，馬上就發生了某種非常難以形容的狀況，某種看起來貌似再明顯不過的東西，一個令人害怕的事實。在他看見她的那一秒，他就明白到，他從來都沒有停止愛過她，這點讓他陷入了徹底的心慌意亂。在他們見過面之後，他匆匆忙忙地離開餐廳，同時發誓再也不要見到她。當天晚上，驚慌失措的他遮遮掩掩地對馬蒂妲解釋說，他的新老闆逼他接受一些不可思議的過分要求。

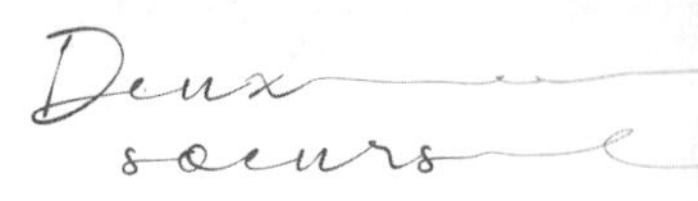

27

依莉絲沒辦法從她剛剛經歷的這頓午餐中平復過來。艾提安走進了餐廳（她比他先到），然後他並沒有用目光尋找她在哪裡。他立刻看到了她坐在什麼地方。他們猶豫了一秒鐘，考慮該用什麼樣的肢體方式來打招呼，然後才行了吻頰禮。他們交換了幾句平庸的對話：

「你都沒變。」

「妳也沒變。」

「已經五年了。」

「對啊，好久了。」

「這不算什麼。我覺得好像昨天才見過你。」

「我也是。」

只消短短的幾秒鐘，他們的談話就變了調，轉變成親密的對話。與艾提安如出一轍，依莉絲也馬上明白到他們剛剛促成了一種無法控制的連鎖反應。他們沒有確實地查看菜單就點好了菜。艾提安最後說道：

「我沒辦法吃這頓飯。」

「我也沒辦法。」

「我跟一個女人在一起已經有五年了。」他突然說了這句話。

「我知道。」

「我很幸福。」

「完全如我對你的祝福。」

「……」

她沒有回答任何話。而就是在這句沉默回覆的核心中，他做出決定站起身來，然後離開。他沒有直視她的眼睛，而這樣的意思是：「我沒辦法。」或者說就好像《危險關係》裡面那句：「我無能為力[7]。」是的，他真的就是無能為力。他到底還是停留了一、兩秒鐘[8]觀察她。她就像是一種對於現實的闖空門入侵。

7 譯註：法國作家拉克洛的小說《危險關係》中，男主角Valnont子爵用來分手的金句：「It's beyond my control.」，拜電影版之賜英文版令人印象深刻。

8 作者註：這一、兩秒鐘在這裡卻是一個永恆。

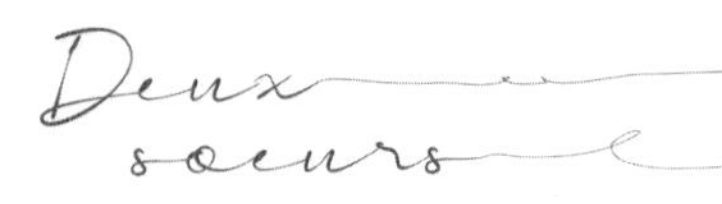

28

日子一天一天過去，在深沉的不安感中度過。艾提安設法掩飾住這個啃噬他內心的東西。人們無法覺察到這個給予他活力的內在人生。在這個內在人生中，依莉絲重新取得了主宰的地位。她也有一樣的感受，卻不想拖累他。她也發覺到自己一直愛著他，而且也許比五年前愛得更深，深到不願再度把自己強行加入他的人生，而是任由他活出自己的愛，因為那樣才是他的心之所願。她不會做任何造成他困擾的事。她後悔自己曾經離開，然而她告訴自己，如果有一天他們的故事能夠重新開始，這一次將會建立在良好的基礎之上，她經歷過了，他變成熟了。

一個月之後，他們才終於再度見面。這一次，是艾提安採取主動。「我希望你會比上次待得更久一點」，她這樣回答。於是他寫下：「我會待上一輩子。」然後才立刻刪除這則訊息。他們決定彼此不要坐著見面，最好是可以邊走邊敘舊。就這樣，他們沿著塞納河漫步。天空是一種很理想的灰色。依莉絲提到自己在雪梨的生活，完全不尋求美化事情。她直覺性地告訴自己：「如果我們真該重新在一起，那麼我寧可讓他知道一切。」她講到自己曾經嫁給一個澳洲人過了兩年的婚姻生活。艾提安大吃一驚，他原本以為她是反對婚姻的。他聽到這個消息的反應就好像被一把刀插進了心臟。想到她曾經愛到願意步入婚姻的地步就讓他覺得難以忍受。最重要的是，他不再有任何遲疑：他的感受足以證明他的愛確確實實地回來了。依莉絲繼續訴說她的故事：身為布列塔尼人，她在雪梨的鬧區開了一家賣可麗餅的小店，生意還非常地好。她的工作很忙，就跟她的丈夫一樣，而且他們平常算是很少見面。週末的時候，他們偶爾會去露營。露宿在美麗的星空下之際，他們心想這一切都完美無瑕。但這樣的時刻很少見，分散在越來越沉重到令人喘不過氣的例行公事中。很快地，依莉絲便開始懷疑她離鄉背井跑來這麼遠的地方到底是為了什麼？她越來越想念法國，而且是一種發自肺腑的想念。在路上與任何法國觀光客擦肩而過都可以讓她停下腳步，她還會觀看法國電視國際五台（TV5 Monde）上的那些難以想像的節目，就只是為了聆聽她的母語。她的國家在她看來顯得很遙遠，遙遠得令人難以忍受，遙遠到她再也無法確定它是否真的存在於地球上的某個地方。依莉絲的丈夫開始感覺到她的疑慮。在他們結婚的時候，曾經彼此承諾很快就要生小孩。他開始期盼她懷孕，那會是他要她留下來的最佳理由。這件事終於發生了，有那麼幾天，她深深地感到快樂。他帶她去大餐廳慶祝這個消息，然後在晚餐當中他們開始討論小孩的名字，一切都變得如此具體。

依莉絲花了幾天才意識到，這種幸福等於徹底拔掉她的根。然後這個突如其來的清醒轉變為一種全盤的質疑，而後終於變成一種噁心的感覺[9]。她最後把這個未出世的孩子當成她自己未來的敵人。因為很確定丈夫會勸阻她，於是她在沒有跟丈夫討論過的情況下，在一間診所預約了人工流產。在進行手術之前，人們問了她好幾次是否確定自己的決定。在這樣的情況下面對兩種可能的人生令她感到頭暈目眩。她最後確認選擇了初衷，但這麼做還是沒辦法讓她從診所出來時不感到崩潰。她在自己再也不覺得真正熟識的雪梨街頭徘徊直到深夜。依莉絲沒有回應丈夫不斷打來的無數通來電，她最後還是回到家，並且承認她所做下的事。難以置信的他，第一時間沒辦法做出任何反應。然後他才結結巴巴地說：「不可能這樣，不可能這樣，不可能這樣。」這句話他重複說了三遍，彷彿重複的句子可以當成一道咒語，用來改變現實狀況，可是再也沒有任何事能夠被改變了。他花了一點時間企圖理解他的妻子，現在已經變成了一個陌生人的妻子。她一直保持緘默。沒什麼好說的了，事情已經無法挽回了。於是他氣瘋了，把客廳裡所有的東西都砸了。就是在被搗毀的公寓這種純粹荒涼的印象中，依莉絲的澳洲生活走到了盡頭。

她語氣不帶絲毫悲情地訴說了自己的故事。在她看來，所經歷過的一切都是啟蒙之道上的必經之路。她就是需要走過所有這些階段才能理解自己，才能與自己保持一致：

「並不是每天都過得很輕鬆，不過我現在總算覺得自己適得其所了。」

「這樣好多了。」

「自從我回來之後，一切都很順利。我在一家烹飪雜誌社找到了一份我非常喜歡的工作。他們應該很快就會推出在網路電視台上播放的節目，原則上我會成為這個媒體的總編輯。很瘋狂，對不對？」

9　作者註：艾提安偷偷想到：「依莉絲就是這樣，她播下幸福的種子，而她卻因為害怕幸福在自己眼前枯萎而逃走。」

「對，我替妳感到高興。」

「而且我還找到了你。」

「……」

「你又沉默以對了。在你身上這不是個好兆頭，這樣表示你要離開了。」

「……」

他望著她，然後突然擁吻了她。

29

一陣頭暈目眩。能夠與這一具早就認識，而且曾經愛過那麼久的軀體重逢，真的令人感到相當激動。就是發現早就存於我們身上的某種東西的感覺。有一天，不知道怎麼把事情說出來的艾提安，結結巴巴地告訴馬蒂妲：「我『現在』覺得不舒服。」他的不舒服是因為他預料到了他即將要加諸於她的痛苦，他對這點耿耿於懷；但是，就另一方面而言，他從來沒有像「現在」這樣，感覺如此好過。

30

馬蒂妲原本什麼都可以接受的，不過不是這樣的狀況。她原本可以接受他愛上新歡、愛上男人、需要獨處……一切，什麼都好，可是就是不能是依莉絲。這個消息變得難以接受。她想死。這是第一次，這個想法變得具體。並不是空話。投窗跳樓、服藥、用絲巾上吊。她在各種可能性的病態迷宮中迷失了自己。然而，她越是深思，越是清楚自己永遠不會有付諸行動的勇氣。她將會活下去，帶著心頭這份過度巨大的沉重活下去。

31

第二天早上，她打電話給所任職高中的校長說她很難受。貝提耶先生很驚訝，在他眼中，馬蒂妲屬於那種極少數的永遠不會生病的人類。或者是那種就算發高燒到四十度也會來確保他們的課可以繼續上的人。他出於本能地想到：「發生什麼嚴重的事了。」

32

自從艾提安離開她以來，馬蒂妲就迴避這個話題並且說一切都很好。阿嘉德知道妹妹是個把什麼事都藏在心裡的那種人，無論是難過還是開心都一樣。她簡直就是靦腆的化身，對拿自己的事去麻煩別人感到深惡痛絕。阿嘉德早就明白必須要主動介入才能幫到她，因為妹妹是永遠不會踏出第一步的。很顯然的，一定是發生了什麼嚴重的事。前晚，她沒有回覆半則她的訊息，這點不像她平常的作為。於是她打了電話去學校，人家說她妹妹生病了。她便決定親自走一趟到她家確認是否一切安好，利用午休時間的空檔，儘管自己疲憊不堪：夜裡她的睡眠被她年幼的女兒莉莉的哭聲打斷了好幾次。

一開始，馬蒂妲不開門。她想要一個人獨處。一天就好，讓我靜一靜吧，她想。她很確定來的人是她姊姊，她早該回覆她那些簡訊，讓她安心的。自己真是個白癡。這樣的後果是可以預見的，如果阿嘉德不再捎給她任何消息，她也會做出一樣的反應。最後，她拖著自己的身體走到門邊，開了門。阿嘉德走進來，什麼話也沒說，甚至避免評論公寓亂糟糟的狀態，這是馬蒂妲家裡從來不會出現的混亂景象，馬蒂妲是個喜歡收拾整理的人，而且總是表示待在亂糟糟的環境中她就沒辦法擁有清晰的思緒。阿嘉德朝向廚房走去準備泡茶，一樣還是保持沉默。幾分鐘後她回來時，發現的是一個虛脫在客廳裡的馬蒂妲。她靠上前去，然後把手放在她的背上：「有我在。妳知道有我在的。」

馬蒂妲原本渴望獨處。每個人都有屬於自己的通往安慰之路，都有自己的方式去嘗試驅散痛苦。感受到姊姊的好意，她心想，以為自己能夠就這樣走出困境，實在是太荒謬了。她需要她的親人，他們應該要幫助她承擔她所感受到的痛苦。

馬蒂妲開始講述她剛剛學到的東西。依莉絲。依莉絲的回歸。這件事意味著簽下了她的死刑判決書，情感的死亡。阿嘉德不知道該回答什麼。當然是沒什麼話好說的。辱罵另一位女性，說艾提安是個傻子，這樣又有什麼用？這樣的狀況看起來似乎清楚明白而且已成定局。只得讓自己適應狀況了。接受，什麼都別說，就是接受而已。

阿嘉德最後說：

「妳不能留在這裡。」

「妳的意思是？」

「這裡，這間公寓。」

「我不知道。」

「他所有的東西都留在這裡。這樣很不健康。」

「妳說得對，可是……」

「可是什麼？」

「我不知道。我想我需要繼續留在這裡。」

「這樣很病態。」

「正是如此，就像一座墳墓。」

阿嘉德聽到這句話感到背脊發涼。她的妹妹從來不會這樣子說話；完全相反，她總是堅強而且充滿活力。一股巨大無比的悲傷感向她襲來，卻又馬上被不知道該做什麼、該說什麼的挫折感給驅散。她最後問道：

「妳還打算回學校吧？」

「對啊，當然。明天就回去。」

「那樣最好。妳應該要繼續過日子。」

「這句話是什麼意思？我當然會繼續過日子。」

「妳可以依靠我的，妳知道吧？」

「知道。謝謝。」

「妳今天晚上想不想來家裡吃飯？」

「不想。我要休息。」

「很好。」

「妳想不想念媽媽？」這時候馬蒂妲突然問道。

「當然想啊。一直都很想念。」

「不……我的意思是說……不是一種像這樣的想念……不是一種想念她在的時候……而是一種……我不知道應該怎麼說……一種可怕的想念。接近難以抑制的那種。」

「對，我明白妳想要說什麼。有些日子，就是比其他日子難過。」

馬蒂妲心想：「不，她不懂我想要說的意思。」她感謝姊姊過來看她，那是一種讓她明白她想要再度一個人獨處的方式。在穿外套的時候，阿嘉德又說了一次：「妳知道有我在。」她臉上堆著一個燦爛的笑容離開了公寓，希望這個笑容會陪伴她妹妹度過一部分的今天。站在電梯前，她生起一股不對勁的感覺，特別是因為一件特定的事實而起：馬蒂妲剛才沒有詢問半點關於她外甥女的消息。非常喜愛莉莉的她，或者說一天到晚要求她傳照片來的她，竟然連一次都沒有提到莉莉。這個事實讓此刻的嚴重性顯得再清楚不過。

33

當天晚上，阿嘉德發了一則簡訊給艾提安：「馬蒂妲過得非常糟糕。我希望你對自己做的決定有把握。」

34

公寓大樓的二樓住著一位在此執業的精神科醫生：納穆芝安女士。這一點從前常常讓艾提安和馬蒂妲發笑，他們很喜歡說：「我們住在一棟瘋子大樓。」他們會在樓梯間與那些病人擦肩而過，試圖想像每一位病人的神經毛病。那段時光現在看起來好像是很久以前的事了。

整個下午，還有一部分的晚上，馬蒂妲都躺在床上翻來覆去，卻沒有一絲睡意。她的身體，在某種反常的舉動中，拒絕給予她絲毫的喘息機會。當她決定下去二樓，並且去按那位精神科醫師的門鈴時，時間已經近乎午夜。她從來沒想過自己竟然有辦法做出像這樣的舉動。她原本無法忍受會打擾到任何人的想法，甚至連走進一間咖啡館要求借用廁所這種事都覺得難以啟齒，而且她總是喜歡說這頓飯的餐點都很棒，儘管她實際上什麼也沒吃。這幾個例子說明了這種天性，與其說是內向，其實更是因為受到不想侵犯他人生活的渴望所驅使的性格。因此，在大半夜的時候去按一位鄰居家的門鈴，對她而言需要很大的勇氣。然而她別無選擇，她彷彿感受到一股想要逃離她自己的迫切需要。

精神科女醫師從貓眼中張望是誰竟然會在這種時間來按門鈴。她費了番功夫才認出她的鄰居。通常，她看到的她都是漂漂亮亮而且滿面笑容的，尤其是當與她擦肩而過時，她正與愛人走在一起。他們兩人成為這棟樓的一對完美小情侶。此時此刻，她的臉部線條緊繃，看起來就像是被一個更年老版本的自己給附了身。醫師打開了門。

「晚安……」馬蒂妲先開了口。

「晚安。」

「我真的很抱歉在這麼晚的時間來打擾您。這樣並不是……完全就不是我平常會做的事。」

「請您別客氣。有什麼我可以為您效勞的事嗎？」

「……」

「告訴我吧……」

馬蒂妲甚至再也不知道自己為什麼下樓。她杵在那裡，被那些說不出來的話語給暫停住了。一股羞恥之情湧上她的心頭，在這個混亂的節骨眼上突然冒出來的一種羞恥心。眼淚開始滑落她的臉頰，她甚至連自己在流淚都沒有察覺到。她的臉，一如她的身體，全部淪陷在麻痺狀態之中。蘇菲・納穆芝安最後讓她的鄰居進門，她不可能不注意到她所處於的緊急狀態。

把她安頓在沙發上之後，她為她送上一杯花草茶，就是她自己正在喝的那一種。每當在為病人看診的漫長一天結束之後，晚上她喜歡待在自己家裡，喝點花草茶並且讀點東西。而且，當然啦，這位年輕女子想，她還有一隻貓。馬蒂妲凝望她一會兒，然後無法自拔地想到，不久後，她也一樣，會有一隻貓。等待著她的毫無疑問的就是這種有貓的人生。

「您發生什麼事了？」精神科醫師輕聲問道。

「我不知道。」

「請您試著解釋給我聽。」

「總之就是，當然啦……我知道的。這件事平庸無奇到了極點。我的伴侶離開我了。就這樣。」

「我很抱歉。」

「謝謝。我……」

「什麼?」

「我不想要用這種事情打擾您……」

「您沒有打擾到我。」

「您人真好。總之,謝了……我斗膽下樓來,是因為我再也睡不著覺已經有好幾天了……我覺得我沒辦法好好上課……我是中學老師……而且我今天已經沒辦法去學校了……可能明天就會好多了……我會振作起來……我知道我會振作起來……我別無選擇……我要克服我的憂傷……可是……為了做到這一點,我需要睡覺……需要讓自己休息……您明白嗎?」

「是的,當然。我完全明白。」

「我想到您也許會有一些可以幫助睡眠的藥。我會小心的,我保證。我來這裡並不是為了……總之,您明白的。」

「對,就只是為了要睡覺。」

「就是這樣。」

這一段簡單的對話就令馬蒂妲感到筋疲力盡。就好像她必須要領軍跟她的想法打上一仗才有辦法讓她的想法轉換成語言。她能夠表達的話語已經山窮水盡了。精神科醫師去她的辨公室裡找來了一片溴西洋[10]。

「這個藥您可以服用半片。服用了這個您應該就會睡得著覺。」

「謝謝。萬分感謝。」馬蒂妲回答，就好像人家剛剛救了她一命。

35

這一夜，她一開始睡得深沉，直到被各式各樣令人焦慮的夢境侵襲，她墜入了一連串無法掌控的情境當中。

10　譯註：Lexomil，英文是Bromazepam，一種改善焦慮抑鬱症狀的安眠藥。

36

第二天，她醒來的時候感到口乾舌燥、身體沉重。沒錯，她是睡了一覺，可是卻付出了何種代價？她覺得自己沒有辦法生出一丁點清晰的思緒。走向廚房的時候，她發現大門的門縫底下有一封信。也許是艾提安，他夜裡來過，他為一切感到後悔。她撲向那封信，卻只在信封上看到納穆芝安的署名。信封內有一份溴西泮與一些抗憂鬱藥的處方箋，一份停止工作一個星期的醫師證明，還有一張小字條，上面寫著：「不，您的故事並不會平庸無奇。每一種痛苦都是獨一無二的。加油。我在這裡，如果您需要我的話。蘇菲。」

37

所以說世上還是有好人的，而這位女士就是其中之一。然而馬蒂妲卻很難確切地回想起昨夜到底發生了什麼事。她下樓去了那位精神科醫師家，可是她完全沒有辦法重新拼湊出對話的細節。她一定把她當成一個瘋子，看到一位鄰居大半夜地這樣子跑到人家家去。話說回來，這就是她的職業。她的人生就是面對他人的徘徊。這樣要怎麼樣才有辦法找到一種平衡的狀態呢？有那麼一會兒，馬蒂妲任由自己分神想到這位女士的日常生活。每一天都聽到這些精神病症、這些痛苦、這些無法呼吸的狀況。要怎麼在聆聽這些的同時，具有一副麻木不仁的五臟六腑，好讓自己不至於受到他人的痛苦所汙染？然而，這位女士今天還是爬上樓來留了張字條給她。她一點也不會麻木不仁。

當然了，這兩件事不能相提並論，不過馬蒂妲經常覺得自己被她學生所感受到的懷疑與恐懼所侵擾，她對他們懷有一股真正的同理心，她不認為自己是某種他們可以追隨的指引，反倒是他們未來的過客。她看到自己陪伴在他們左右，甚至牽著他們的手，好陪伴他們走上見習之路。她不喜歡製造距離的想法，有時候有些老師會建議她這麼做，好不讓自己被「吃掉」。她就是這個樣子，就這樣。就拿馬特歐的例子來說吧，她投注的心血就比其他老師要來得更深一點。所以她想知道這位精神科醫師是怎麼辦到的，可以把她所見證的那些暴力留置在她意識的寄物間。我們能不能夠培養出這種把情緒分隔開來的能力呢？她夢想能夠對自己的悲傷按下暫停鍵，她大可同意哭掉自身的所有淚水，然後在早上抵達學校的時候把痛苦留在車子裡，在忘卻自己被拋棄這件事中度過一天，然後在傍晚回家的時候再與之重逢，我們本來就應該要能夠掌控自己的身體和思緒。沒能做到如此，馬蒂妲反而感到自己越來越屈服在強行侵犯她的事物之下，她的腳踩不著地了，她再也沒辦法吃飯，沒辦法睡覺，沒辦法控制自己，她覺得就好像是有一個新的魂魄正在逐漸占據她的身體。她還是她，當然啦，她認得出自己的動作，只是她的動作掌握在新管理者的手上，一個不受控制的管理者，如果不要說是個惡意的管理者的話。

38

去過藥房之後，馬蒂妲上樓回到家。她把所有的藥一盒一盒地都放在廚房的桌子上。有好長一會兒，她的內心天人交戰，猶豫著要不要把這些藥統統扔掉。這不是她，她從來就不是會去吞下這類東西的那種人。她還記得當母親病況垂危，她去醫院探望她時所感受到的那種驚惶失措。每到用餐時間總是有大量的膠囊要吞服，然而又是為了什麼樣的結果？她無緣無故地被強行餵食化學藥品。話說回來，不，不是無緣無故：是為了減輕痛苦。她停在這個說詞上：「減輕痛苦（atténuer la douleur）。」這是她現在夢寐以求的狀況。沒有人能夠治癒她失戀的痛苦，沒有人能夠為她做任何事，這點她很確定。然而減輕這種痛苦，這種永遠不會停止的痛苦，好啊，這正是她最渴望的。她花了一小時讓自己的心中填滿這個動詞的美好，她甚至去翻字典查了這個動詞的定義。

Atténuer（減輕）：減輕，減弱，舒緩一種感覺、一種情緒。

這正是她所需要的。她並不抱著任何看見痛苦完全消失的希望，而是讓它不要那麼強烈，就好像給痛苦罩上一層紗好讓它變得昏暗一點，對，就是這樣，這就是她想要的；不，並不是幸福，而是可以掌控的不幸。

在吞下藥丸並且躺回床上之前，她掃描了病假證明然後用電子郵件把它寄給了貝提耶先生。這些簡單的動作都讓她用掉相當可觀的力氣，然而必須要通知外面的世界才能安安靜靜地去漂流，而不至於引起絲毫的擔憂。她不希望看到姊姊或是任何人再度跑來她家。藥物很快便生了效，馬蒂妲是那麼的疲憊，以至於她睡掉了一整天。睡眠是一個用來減輕痛苦非常好的方法，可以讓日子變得更短，或者是過得更快。

39

貝提耶還是被這封信驚訝得目瞪口呆。他當然已經很習慣於老師們的憂鬱、沮喪，或是疲憊感。可是以馬蒂妲的情況而言，這個事件讓他感到一點都不協調，起初他甚至還以為這是一場惡作劇，這個消息帶有某種不合邏輯的地方。更何況他收到的是一份由精神科醫師開立的病假證明，所以說不是因為身體上的毛病。他原本還以為自己對她的認識很深，沒有人有辦法察覺到這樣的挫敗。情況還具有危險性，無法控制，他為此感到一陣暈眩，得知我們根本無法以這種方式認識他人。

就在午休開始前不久，他把莎碧娜叫進他的辦公室。沿著走廊走去辦公室的路上，莎碧娜剛好有時間想像她突然被召喚的所有理由。也許是有人投訴她？會是一位家長，還是一位學生呢？她後悔自己穿得一身黑，這樣會讓她的樣子看起來很陰沉，貝提耶一定會為此對她做出評論，「我們這裡又不是監獄。」可是誰能預料到他會要求要見她呢？三年來他從來沒有做過這件事，從來沒有，他就只是知道她叫什麼名字而已。她教授西班牙語，而且沒有人對西班牙語感興趣，就連體育或是繪畫都還比較重要。開班級會議的時候，大家從來都不過問她的意見，而且如果她加入談話提到提博特還是安娜依絲在這科上具有非常顯著的進步，她得到的只會是同事莫名其妙地撇撇嘴這種幾乎可以算是不禮貌的反應。她走向貝提耶的辦公室的時候就想到了這麼多，一定是這個原因，他想要停掉西班牙語這門課，她再也沒有任何用處了。語言科目中有活的語言和死的語言[11]，可是還必須發明一個新的類別，就是垂死的語言，西班牙語便是其中之一[12]。她應該要不計任何代價地找到可以吹

11　譯註：活的語言是世界上還有人在使用的語言，死的語言指的是拉丁語、古希臘語這類不再有人做為母語的語言。

12　作者註：很可能在西班牙大家對於法文也是抱有同樣的看法，就好像是一種在垂死中的互相呼應。

噓她的專業科目的論點，可是她什麼也想不出來，什麼都沒有，她沒有辦法說出為什麼非得教授西班牙語不可。她被召喚的焦慮感轉變成為一種恐怖的領悟：她職業生活上的空洞和無意義。

她走進辦公室。貝提耶的神色看起來跟其他的日子不太一樣：讓人幾乎可以相信他對自己的臉部失去了控制力。他的表情中貫穿了某種獨立運作的東西，而莎碧娜對於他即將要說的話很難看出蛛絲馬跡。這點只加強了她最主要的感覺，就是她被叫來是因為人家要解雇她。她是那麼迫切地想要找到適當的話語，展開長篇大論來強調她的科目的優點，然而她還是保持沉默，等待判決。在她看來好像是持續了某種永恆的過程，其實就只有幾秒鐘，就是坐下來的時間而已。貝提耶馬上切入話題：

「羅美洛小姐，非常感謝您過來。我想要跟您交換些意見……事關某件有點特殊的主題。」

「西班牙語？」

「不，這件事跟您的業務沒有任何關係。是關於貝榭小姐的事……」

「啊……」她回應，鬆了口氣。

「我覺得您好像跟她走得滿近的，是不是這樣？」

「對，這倒是真的。總之，我們常常一起吃午飯。有什麼問題嗎？」

「沒有……總之就是……她請了病假。」

「對，我看到她今天早上沒有來上班……可是我還沒有時間打電話給她問候她的消息。她怎麼了？」

「我想要見您正是為了這件事。也許您有什麼消息……我會問您這個是因為她是一位積極得不可思議的老師，就像您也知道的那樣……而且三年來她從來沒有缺席過……所以說，就是這樣，我還挺驚訝……收到一份請假一個星期的病假證明……」

「她應該是得了流感了。」

「對啊……一定是吧。」他這麼回答，看出莎碧娜對此事一無所知。要不然就是，她什麼也不願意講。

貝提耶沒辦法讓自己透露學校裡任何一位老師的私事，他急著想問莎碧娜對於馬蒂妲去看精神科門診這件事是不是有什麼消息，可是他不可能這麼直截了當地講到這件事。他回過頭來改用一種比較籠統的方式：

「您知不知道她最近是否有什麼個人的問題？」

「我……不知道耶。說真的，她這個人還挺神秘的。」

「好吧……謝謝您的幫忙。」

「請您別客氣。總之，我沒幫上什麼忙。我會試著跟她聊聊，如果我有知道什麼更多的，我會再讓您知道……」

莎碧娜離開辦公室，一方面覺得鬆了一口氣，卻又同時對這段交談的調性感到無言以對。他到底是想要知道什麼？他一定是得到了一些讓他擔憂或是驚訝的消息，才會展開像這樣的調查。醫師證明對他來說並不足夠。莎碧娜試著回想自己最近幾次與馬蒂妲相處的時刻，企圖憶起是不是有什麼事可以引人猜疑。還真的沒有，她沒有看出任何異常。

40

每天傍晚，貝提耶都會發簡訊來問候這一位缺席的女老師。她每次都用同樣的話回答：「您這麼做真是太可愛了，我需要休息。星期一我就會出現，請您不要擔心。」然後她會留下簽名：馬蒂妲。使用名字可以讓他感到更為安心，而且尤有甚者：他會覺得他們之間的關係變得更強固了。

41

儘管她變得像是遊走在地獄邊緣那種虛無縹緲的狀態當中，馬蒂妲對於她的職業生涯卻仍然保持清醒。那就像是某種形式的反抗勢力，是她腦袋中唯一沒有被占領的部分。她具有的這種求生本能告訴她自己，她一定要讓校長放心。這點並不總是那麼容易就能做到。那些藥物讓她陷入一種奇特的混和狀態當中，時而興奮時而萎靡。她覺得有些藥的作用是為了喚醒她，有些則是要讓她睡著，一種藥物的惡性循環。

她在這種雙聲調當中度日。有時候她會因為突然整個人累到不行，就直接在通往臥房的走廊地板上睡著了。然後在她醒過來的時候，被復仇的惡魔追上的她，會突然過度興奮起來，坐在電腦前，追蹤關於依莉絲的最小細節。然而馬蒂妲從來都不曾是現代性的高手；她都是去圖書館備課，她可以在一層一層的書架之中徘徊長長好幾分鐘，尋找那些只消坐在家裡的沙發上按一下滑鼠，就可以找到的東西。她有一個從不上去使用的臉書帳戶，甚至連大頭貼都沒有放上照片，搜尋她的名字，人們會看到的只是一個黑影。

現在一切都變了樣。她會花上好幾個小時瀏覽依莉絲的IG帳號，觀看她情敵的所有照片，看到快要發瘋。這件事萬分痛苦，不過這種痛苦的煎熬有時候會激發出一種彷彿是幸福的感覺，她想要得到更多，希望這種感覺永遠不要停，於是她一遍又一遍地去看那些照片，強化精神上的暴政。在回溯社群網路上的歷史回顧時，她甚至發現了一張依莉絲與艾提安的合照，那是七年前的照片，回到原始的出發點。他們滿臉笑容地站在某個海灘前。屬於他們的克羅埃西亞？會不會這麼剛好，他們現在就又在那個沙灘前？她再也不會知道這件事。依莉絲至少還有這個分寸不再貼出任何照片，自從她與艾提安復合以來，她便從社群網路上消失了。

她在 Google 搜尋上輸入依莉絲的名字，找到一篇提到她來到烹飪電視台的編輯部門工作的文章，簡單到令人感到不安的地步。要不了一分鐘，她就知道該上哪兒去找到這個剛剛摧毀她人生的女人。她在她最後這個想法上停留了片刻：不，該負責任的不是這個女孩，做出離開她的選擇的人是艾提安，毀掉了一切的人是他；然後又覺得不對，馬蒂妲回到她的第一個想法：就是因為這個女孩回到法國才破壞了一切。她沒有辦法去思考，有時候愛情故事的發展是由不得我們的；她沒有辦法告訴自己，她只是他們彼此重逢的受害者，可是沒有人做出了任何事是衝著她來的；沒有人發動以消滅她為目的的戰爭。結果在她眼裡卻是一樣的。她覺得自己的人生被他們的意願給切除了。而且，他們應該要以某種方式來付出代價。沒有任何理由只有她是唯一受苦的人。

隨著日子過去，憤怒日益高升。她從來沒有感覺過這樣的一股恨意，這點幾乎讓她的胸膛發痛，太可怕了。她一直都很討厭那些關於嫉妒、關於侵略的故事，她不斷地試著趕走所有的負面想法，她無法理解這種黑暗的力量，黑暗的力量抓住了她，讓她陷入病態的想法。這樣很荒謬。一點辦法也沒有。別人的心是一個無法統治的王國。非得閉上嘴接受。要不然，終究會走到這一步，就是去死。

她有考慮過去死。用她手邊可以取用的所有藥物。她在鏡子前面站好，以凝視她的痛苦；然後，她並沒有走得更遠，她放棄了。驅動她的恨意是一種生命的脈衝。這股脈衝在她身上瘋狂地跳動著。下午過一半的時候，她突然決定要出門。翻來覆去地想事情，或是把這些想法丟在貧瘠的宇宙中任其生長，一點用也沒有。突然，她非得採取行動不可，馬上說做就做。她需要見見依莉絲，跟她說話，對，跟她說話，就這樣而已。她沒有先沖個澡就離開了公寓，甚至也沒有換衣服。她的狂熱自帶某種對他人目光無感的麻醉劑。反正不管怎麼樣，她會在她住的這一區遇見學生或學生家長的機率非常小。她用走的就可以走到依莉絲所工作的網路電視台總部，那是在巴黎第十區的「忠實街」。所以說啊，諷刺從來都不會有冷場。生命不斷地嘲笑我們，彷彿人類的不幸是一種宇宙的娛樂似的。三十分鐘後，她便已經走到那棟建築物前。她應該上去嗎？要求跟依莉絲說話？不，最好還是等她出來吧。也許先觀察她一會兒，再跟她說話。

馬蒂妲在一家咖啡館前的露天座位區坐了下來；只有她一位客人；天氣開始變冷了，所以再也沒有人想要坐在外面。老闆一定是為了那些抽菸的客人才留著室外的桌椅。

「日安。您想要喝點什麼？」女服務生問道。

「我不知道。」

「我讓您考慮一下。」

「好的，謝謝。」

三分鐘過後她再回來，又是同樣的對話。馬蒂妲沒有辦法選擇。她原本應該隨便說什麼都好的，然而這一刻對她而言，即便是最無關緊要的答案，她似乎都無法說出口。她的整副心思都被釘在那棟樓的大門上，這個取代了她在艾提安身邊位置的女人隨時都可能會走出來，她的心有一下沒一下地跳動著。

「我給您送一杯咖啡過來好嗎？」女服務生最後說道。

「好，非常好。」

每次大樓的門一打開，第一時間她就覺得那一定是依莉絲。所有的面孔都變成了依莉絲的樣子。最後只剩下到處都是的依莉絲。就連女服務生都有可能是依莉絲。當她端著一杯咖啡回來時，馬蒂妲問她：

「您叫什麼名字？」

「康斯坦絲。」

依莉絲總算走了出來。彷彿像是看見聖靈現身。這一次，沒有疑慮，就是她。跟照片上的她一模一樣。紮起來的頭髮，幾乎是紅髮。比她想像的要稍微嬌小一點。步伐穩健。馬蒂妲突然起身朝她走去。走了幾公尺之後，她就被女服務生的呼喊攔下。「女士！女士！……」馬蒂妲終於回頭，明白到那些呼喚是對著她而來的。

「怎麼了？」她問道，人還是繼續往前走。

「您還沒有為您的消費付錢。」

「啊……對不起……我該給您多少錢？」

「兩歐元七十生丁。」

馬蒂妲在外套口袋裡找錢包，完全沒有停止用眼光尾隨依莉絲。她慌了，人家在最不恰當的時間點上把她留住。她最後找到一張五十歐元的鈔票，然後把鈔票交給那位女服務生之後便奔跑著離開，甚至沒等她找零錢。

依莉絲在第一個十字路口右轉。馬蒂妲就快要跟丟了，她加快了奔跑的速度。幾公尺下來，她便覺得喘不過氣。藥物奪走了她所有的體力。她終於在遠處發現了她的獵物，這讓她鬆了一口氣。再用力跑個幾大步就可以到她身邊了，然後就可以跟她講話。然而，在這一刻，她又感受到另一種渴望：監視她的渴望。她打從一開始就知道沒什麼話好說的；她打從內心深處就知道她從來沒有真的想要跟她說話，更別說是想要攻擊她了。這一切只會走向一個死胡同，這個死胡同正是她的未來。所以，該怎麼辦呢？她不想放棄。依莉絲無可救藥地把她吸了進去。以同樣的方式，有些人花上好幾個小時在社群網路上追蹤喜歡或討厭的人出現的可能性，就好像她自己的所作所為那樣，馬蒂妲想要繼續跟蹤她。誰知道呢？也許依莉絲正要去跟艾提安會合？她去他上班的地方找他，然後他們再一起去餐廳，或是去電影院，不，應該還是去餐廳，他們有那麼多的事要對彼此訴說，好彌補逝去的時光。

*

馬蒂妲停頓在這句話上：彌補逝去的時光。這是當兩個人許久未見到彼此時，我們會說的話。但此時此刻，在這種情況下，逝去的時光——就是她。

*

馬蒂妲很難跟上依莉絲，她的腿是那麼的沉重。應該是那些藥物造成的。而且這個女孩子走路真快，喜悅給了她一副翅膀。我們可以用街上每一個人的步伐來估量幸福。步履匆忙永遠是個好兆頭，一定是有人在某個地方等待著這個人。依莉絲走上皮加勒街，很有可能她是要去克利希廣場跟艾提安會合。肯定是這樣。馬蒂妲就要面對這個場面，他們幸福的景象。她越是這樣想，越是覺得難以前進。然後依莉絲越走越快。她看起來好像是用跑的一樣。然而並非如此，她是以一種規律的節奏在前進。那麼為什麼距離會越拉越大呢？馬蒂妲現在應該要用跑的才不會追丟她。跑，對，就是跑。可是怎麼跑？她不可能下這個命令給自己的身體，一切都顯得如此沉重。費了九牛二虎之力，她終於凝聚起全身上下的所有力氣，朝著大馬路衝去。

然後我們聽見一聲輪胎發出的煞車聲，然後是撞擊造成的悶響。

馬蒂妲看都沒看車子，就穿越了馬路。

一位具有驚人反射能力的女士在最後一刻猛然煞住了車，才沒有從她身上輾過去。

受到驚嚇的馬蒂妲摔了個四腳朝天。很快的，路人便在她身旁圍成了一圈。大家試著把她扶起來，可是她的身體是那麼的沉重。他們終於設法讓她坐在一張長凳上，等待消防救護人員。一樣處於驚嚇狀態的女駕駛走上前來。她結結巴巴地說：「您過馬路怎麼都隨便過的啊……我本來可能會把您給……然後您想想之後會怎麼樣？……」大家看著她，好像是在告訴她，現在不是讓這個可憐的女人感到內疚的時候，不過大家到底還是也該為她想想，想想她的驚恐，那種差一點就殺死了某個人的驚恐感覺。馬蒂妲抬起頭來看著她。她沒能說出半句話來，覺得自己像個剛剛做了一件天大蠢事的孩子。

42

在那個意外的戲碼之後，事情看起來似乎回到了正軌。總之就姑且說混亂的狀態已經控制住了吧。其餘的日子馬蒂妲大多都在床上度過。偶爾會打開電視機觀看一些並不會試圖喚醒她智力的節目，愚蠢就好似心靈的OK繃。

43

在她要回到學校的前一夜，她決定不要吃藥，即使睡不好也沒關係，也不要變得完全麻木。終於，她順利地度過了一夜，起床的時候感到很高興，想到就要重拾工作。

再次見到學生之前，她先去了一趟貝提耶的辦公室，感謝他每天發來的簡訊，還有他的支持。她很清楚地感覺到他為了心理醫師的這件事感到擔憂，於是她在她的「謝謝」之外又補充了一些用以澄清的細節：

「我不應該跟你說這個的，不過開處方給我的心理醫生是一位朋友……她其實是我的鄰居，要完全坦白說的話。」

「啊……」

「我身邊的某個人發生了嚴重的意外，我不想讓他的太太獨自面對這件事。這就是為什麼我設法為自己取得了一份停工證明。」

「真的嗎？可是您大可把這件事情告訴我……」

「我現在就告訴您了。我寧願跟您說實話。」

「這點很令我感動。而且也讓我感到安心。我得坦白跟您說，收到您的停工證明的時候我還真的有點驚訝。」

「我懂。」

「尤其是因為這完全不是您平常會做的事。總之……我要說的意思是……您看起來是那麼的……強壯。」

「我是啊。」，馬蒂妲滿臉笑容地回答。「好了，我該去見我的學生了，我迫不及待想再見到他們。」

她沒有給貝提耶時間回話便離開了辦公室。考慮到這段交談的調性，彷彿是在聊知心話，他應該會想要藉機開口問她哪天晚上是否有時間一起吃個晚飯吧。

44

馬蒂妲現在知道了一件事：她可以痛苦、消沉，被人生蹂躪，然而永遠會有一個地方可以讓她覺得自己受到庇護，不會被暴力所侵擾，就好像得到了保護，免於承受命運的威脅。就是在這裡，在一間教室裡，在她學生的面前。

她的高二文學課班級給她的感覺很好。她注意到幾張充滿善意的笑臉，他們問她是不是好多了，而且還要她保證不會再發生這樣的事了，因為學期末就要升學會考了。馬特歐表示他鬆了一口氣。她是被大家喜愛的，這點毫無疑問。我們可以用職業生活來取代愛情生活嗎？艾提安的離去可以被三十來位青少年所填補嗎？在她看來，眼前的所有這些臉蛋組成了一幅拼圖，把它們集合在一起，她便會在其中找到人性的凝聚力。

現在正是繼續上《情感教育》的時候。

在這本小說的一開頭，當斐德列克・莫侯在一艘船上遇見阿爾努夫人的時候，他便想要知道關於她的一切，作家表明這場追尋——知道這件事似乎比擁有對方還要更為重要。馬蒂妲要她班上的同學安靜，好讓她朗讀小說中的這一段文字：

「對於具體擁有的慾望甚至在更深的渴望之下消失了，在一種無邊無際、令人痛苦的好奇心中消失了。」

她把這個措辭重複說了好幾遍：「令人痛苦的好奇心。」

然後，她讓這兩個詞在教室的氣氛中蔓延開來。這一切都在沉默中進行。每個人似乎都在以一種虔誠的形式接納這幾個字。我們聽見這裡或那裡有人悄聲說出這句措辭：令人痛苦的好奇心。女老師簡短地解釋在這兩個詞當中有某樣絕對具有現代性的東西，這種想要完全追蹤他人生活的慾望在今天我們這個時代已經大幅地擴張了。當然，她是在反映她最近親身經歷的事情：跑去觀察依莉絲的這股無法克制的需要。如果當時斐德列克對阿爾努夫人一無所知，那麼他的意圖是一樣的，在圓舞曲般不斷來來去去的接觸當中，我們受到驅動去發現自己還不知道的事情，並且會想要去知道更多自己再也不知道的事情。在對於所愛之人的認識這件事上，我們永遠不會感到滿足。

馬蒂妲用這句話終結了變得沉重的沉默：「我們還剩三十分鐘的課。我希望你們每一個人都針對痛苦的好奇心這句措辭寫下一段文字，告訴我它為你們帶來什麼感受。請你們像往常一樣，盡可能地自由發揮。」

45

當天晚上，她窩在床上閱讀那些學生交來的作業。她的學生當中有一位這樣寫道：

「每一段深沉的情感，或遲或早，都會轉變成痛苦。」

46

幾天過去了，然而卻什麼也沒消退。當馬蒂妲一個人獨處的時候，她的痛苦還是依舊那麼強烈，而且也沒有就要減弱的樣子。當她在課堂上時，有時候，她會有兩、三分鐘的時間沒有想到艾提安，然後她就會從這樣的喘息時間中感受到無比的解脫。大多數時候，他都沒有離開她的腦海：一間空置的公寓的屋主。

47

艾提安沒有回覆馬蒂妲的訊息；不是因為缺乏同情心，而單單只是因為他評估自己沒什麼好說的。他已經做出了決定，這個決定造成了嚴重的情感傷害，還有什麼好多說的？繼續見馬蒂妲，只會像是在擴展模糊不清的地帶。分手永遠不可能分得小心翼翼。這點也並沒有阻礙他經常想到她。而且甚至於：他也有可能會對自己的選擇感到後悔。反正，並不是全然的後悔，只有一點點，馬蒂妲的某一種態度讓他突然地、強烈地想念起來，某種對同樣的事物發笑的方式，還有他們所有的回憶，現在已經從他們的一致性當中被切除掉了；因為回憶也遭受記憶的衛兵換班之苦，當同樣的一段過去存在著兩種看法的時候，這個過去就會變得奇形怪狀。不過大部分的時候，他有的是一種重生[13]的感覺。每一天似乎都向他展現出一股新生的能量。他對一切都感到開心，去餐廳吃飯然後與依莉絲肩並肩坐下，在他看來都好像是奇蹟，看一部爛片也能令他感到著迷，就連雨水都不再會淋濕身體了。

48

艾提安最後還是發了一則簡訊給馬蒂妲：「我很抱歉都沒有回應。我認為這樣才是比較好的做法。我希望妳過得好。我經常想到妳。然後我寫訊息給妳主要是為了另一個原因：妳覺得我是否可以過去看妳？我希望我們能夠談一談。艾提安。」

這則訊息她讀了那麼多遍。裡面所有的字句都被拿來做過分析。「我經常想到妳」的溫暖被一個前面沒有加上「送上我的吻」或是最卑微情感跡象的冷淡署名給徹底糟蹋。這則簡單的文字訊息所受到的詳細註釋，堪以比擬最偉大的宗教經文。艾提安確實也權衡過每一個用字的利弊得失；他希望表現出感情卻不至於留下絲毫的希望。這點是搞砸了，儘管他做了一切努力，收到這幾句話的這個單純的事實就把馬蒂妲推入了潛在回歸的劇本當中。他想要見她，想要跟她說話。當然啦，她什麼都考慮到了。

13 作者註：殘酷可怕的表達方式，讓人覺得我們跟前任在一起的時候已經死了。

也有可能是這樣的情形，他來告訴她依莉絲懷孕了，她知道這是有可能會發生的；然而在她的內心深處，她告訴自己他就要回來了。這是一種信念，他們彼此太相愛了，他們沒有辦法不再相愛下去。愛情的滅絕是尖酸刻薄者的發明，一切都是可以理解的。另外那一位回來了，她讓他轉過頭去，可是艾提安最後終於發現她是見風轉舵的風向儀，發現我們無法與她一起建立任何東西，她已經離開過一次了，那麼她為什麼不會離開第二次呢？新東西所帶來的興奮感總是會消退的，雖說消退速度有快有慢，但它褪色到一個程度時會變成白色，然後再變成透明，起初的燦爛就再也不剩了。

與他們優雅地穿越時間的故事一點也不能相提並論。以前，他們常常取笑那些會說彼此壞話的伴侶。他們無法理解怎麼有人能夠活出一份愛情卻不繼續尊重彼此，不繼續盡一切的努力把「第一天」放入之後的每一天裡。當兩人當中有一個人突然發脾氣時，他會被問道：「在我們的故事開始之初你會這樣跟我說話嗎？」幾年就在這種關注另一半的無盡渴望中度過。沒錯，他是離開了她，不過是為了其他的理由，這些理由跟所有其他人所經歷的那種我們稱之為疲乏或是厭倦的東西毫無關係。這點她很確定，在他們之間既沒有疲乏也沒有厭倦。基於這個有很大的部分是確實無誤的觀察，她還是深信他們的愛情就要展翅重生。

她最後終於回覆（比她最初預計的速度還要快），她當然同意讓他過來一趟。於是他們商量好了約在第二天晚上見面，那是一個星期六。

49

一醒來，馬蒂妲便陷入了猶豫不決的漩渦。該如何反應？表現出距離感還是一片熱忱？她還算很快便告訴自己她應該要根據艾提安的行為來調整自己的行為。不過她不知道他會採取哪一種態度。而且，首要問題，她應該要怎麼穿才好？他那麼喜歡的那件藍色裙裝嗎？她怕這樣會很可笑，尤其是如果他來的時候穿得很休閒。她最後做了這個決定：準備三套不同的衣服，把它們放置在床上。艾提安抵達前幾分鐘，她會穿著內衣駐立在窗邊。她住在五樓，這點讓她有充分的時間可以去考慮艾提安前來赴約的方式（總之是穿衣方式），然後再調整自己的穿著。在她的想像中，這樣可以為他避免掉最細微的落差。她窮盡自己的力氣，只為去臆測對方的每一個呼吸。

她看到艾提安穿著牛仔褲、針織衫與球鞋抵達。完全不像一副已經重拾婚姻生活的樣子，馬蒂妲如此想到。可是誰又真的知道呢？她深思熟慮的服裝策略達到了效果。這下子，不可能穿那件美麗的藍色裙裝了。她也一樣，套上一條牛仔褲和一件針織衫。必須要重新建立一種平等關係，她不可以為這件事比他受更多的苦。

然後她跑到浴室去把臉上的妝卸掉。

50

艾提安非常輕聲地敲門。他大可按電鈴的，可是他知道電鈴聲很刺耳。馬蒂妲花了一點時間才來開門，以一種很笨拙的方式，要表現出自己並不是定在那裡等待他來。看到艾提安出現在面前，一陣劇烈的痙攣穿透了她的身軀，就好像被人猛然在心臟上捅了一刀或是割斷了大動脈。甚至在她還說不出來一句話的時候，她就馬上告訴自己，她將會愛他到永遠。太可怕了。這種清楚明確的感覺，就是如果他不回頭，她的痛苦就永遠都不會淡去。他跟她道了句晚安，伸手遞給她一瓶葡萄酒；她沒有接過那瓶酒，也沒有答話。她僵硬了好幾秒，才振作起來並且為自己道歉。是的，這就是她在面對離開她的男人時所說出的第一句話：「對不起。」

她想要冷靜下來，而且表現出一切都很好的樣子。馬蒂妲當然已經把公寓整理過了，而且還在餐具櫃上刻意很顯眼地放了兩張戲票，某齣她永遠不會去看的戲。而這兩張戲票是唯一能向艾提安證明她還是會出去、而且一切都很好的物質元素。因為她以前常常帶學生去劇院看戲，所以她經常會收到演出的免費邀請。艾提安看見了那兩張票（不可能沒看見的），然後問了她關於這個演出的問題。甚至連他講的到底是哪一齣戲都不知道，馬蒂妲卻充滿熱情地說：「對，能收到這些票我實在太高興了。」

他繼續觀察公寓，想到自己曾經在這裡住過那麼多年，這一切讓他覺得很超現實。他有這種好像是在追尋著另一個人，另一個艾提安的蹤跡旅行的感覺。當他在客廳踱步的時候，馬蒂妲觀察著他。怎麼可能有這種事。他竟然比以前更帥了，他看起來幾乎像空氣一樣的輕飄飄。之前她所看見的那個幾週以來都壓力大到瀕臨爆炸邊緣的他（她總算明白原因了），散發著一種令人難以忍受的淡定。再也沒希望了，她想到。他看起來是那麼的幸福，他不可能是來跟我宣告他回心轉意了。然而……他的眼中有某種東西。不，不是悲傷。也許是一種憂鬱。一種鄉愁。或者也許只是對此時此刻的體悟？她打從心底對他待會兒會說什麼一無所知。

他打開那瓶葡萄酒，斟了兩杯，然後他們互道：「敬健康。」絕望透頂的馬蒂妲差一點就要耍黑色幽默地說：「敬我們的愛情！」不過她在最後一刻忍住了。於是他們交換了一個匆匆的微笑，沒有比這個更可悲的事了。無法忍受這樣的片刻，馬蒂妲突然站起來：

「對不起……我要去把妝化完，如果你不介意的話。」

「不介意，請去吧。」他說完又加了一句：「妳今晚要出去嗎？」

「……」

「……」

「對。對……我要跟朋友一起去餐廳聚餐。」

面對著浴室的鏡子，馬蒂妲心想：「所以說在我客廳裡的這個男人一秒鐘都沒有想到過我是為了他化妝。」她在兩頰上撲了點粉，這個動作給了她不哭出來的力量。

當她回到客廳，她注意到那瓶酒已經少了一大部分。艾提安應該已經喝了兩杯，或者也許是三杯[14]。儘管他的外表看起來挺隨意，但這一刻對他來說一定很複雜。他回來見一個早就被他的決定所重傷的女人，他與這個女人一起共度了好些美好歲月，而現在從他的嘴裡講不出半句話來。說真的，所有的話都在他心裡，

14 作者註：馬蒂妲沒辦法知道這個結果是因為他喝得非常迅速還是因為她自己在浴室裡待了太久。

他在過來之前已經演練過好幾遍，本來就沒有即興發揮這件事，只是這些話就好像首演當晚的演員那樣，被怯場給擊垮，因為這晚有觀眾在場。

當他想立刻提到他來訪的理由時，他感覺到有必要做個開場白。而且他自己也需要這個開場白。他希望他們能跟彼此說些簡單的話。於是他問道：

「妳過得怎麼樣？」

「還好。」

「真的嗎？」

「當然啦，要看每天的狀況……不過，是的，還過得去。」

＊

如果馬蒂妲被說真話的渴望所驅動，這段對話的內容就會大不相同：

「妳過得怎麼樣？」

「很糟。非常糟。自從你離開我就死了。我不知道我沒有你之後還能怎麼活。

而且在這裡看見你更加重了我的痛苦。你是如此的俊美，艾提安。我是那麼地想念你。每個早晨、每個晚上、每一分鐘。太可怕了。你不可以這樣對我。我們彼此相愛啊。告訴我我們彼此相愛。自從你離開之後，我就再也不知道自己是誰了。我要吃一些藥才能入睡，然後還要吃其他的藥才能讓自己醒過來。我奮力抓住自己才沒有瘋掉。我就是這樣度日的。」

「真的是這樣？」

「對，真的是這樣。而且不是看每天的狀況時好時壞。是一直都這個樣子，而且我知道這情況會永遠持續下去。」

＊

說真話，就是把對方嚇走。馬蒂妲別無選擇。她把她的每一個想法都縮減到最微小的程度。可是她也不應該看起來無動於衷。她必須要讓艾提安明白她只期待著一件事──他的回頭。一切都如此的複雜。如果可以擁有正確行為的說明書，她願意付出一切。

最好的辦法就是走入具體當中。

而這正是艾提安現在做的事。

假設的煉獄國度就要瓦解了：

「好吧……我要跟妳說的話，有點難以啟齒。」

「……」

「妳在聽我說話嗎？」

「有啊，當然了。」

「當初要離開是一件非常困難的事……」

「是對誰困難？」

「對，抱歉，這樣說很笨。總之，妳知道那是一個對我來說也很痛苦的決定……」

「……」

「總之就是，我希望能為妳把事情簡化到最大程度。這就是為什麼當初我提議妳留下公寓，然後繼續付我的那份房租……」

「你到底想要跟我說什麼？」

「我想要跟妳說……說……這對我來說太複雜了。我沒有這樣的財力。就目前而言。我住在一位朋友那裡，可是我就要找一間新公寓，然後……」

「你要跟她一起住？」

「……」

「回答我啊。你要跟她一起住了嗎？」

「對。」

「所以你來跟我說的就是這件事？你要跟她一起生活了……然後你希望我離開這裡。」

「對……總之，這事情不急……我想說的是……妳應該做出對妳自己最好的決定。」

「對我自己最好的決定？」

「對。」

「這樣的話，我希望你現在就離開。」

「現在？」

「對。你站起來，然後你出去。然後你到時候要來打包裝箱、拿走你的東西的那一天，我希望你事先通知我。我不希望自己在場。這是我最後一次見到你。」

艾提安為馬蒂妲口氣中的冷漠感到驚訝。她是以一種冷靜而且毫無歇斯底里的聲音表達出這些話。可以說就好像一場口語版本的謀殺。再也無法承受馬蒂妲的注視，艾提安起身，然後不發一語地離開了公寓。這天晚上稍晚的時候，當他跟依莉絲共進晚餐時，他覺得自己依然還處在震驚的狀態中。

51

馬蒂妲在通往教室的走廊上走著。這幾天以來，她覺得這段路好像變得越來越長。

52

課堂結束時，學生們都在收拾自己的東西，此時馬特歐走上前來到馬蒂妲身旁。他喜歡自己與他的法語老師之間的這種特權關係，有時候別人會叫他「馬屁精」，但他覺得無所謂。他想要談論《情感教育》這本書中關於阿爾努夫人的態度的一個細節。

自從她跟艾提安的最後一次談話之後，馬蒂妲又重新開始服藥。心理醫師再度給她開了抗憂鬱的處方藥。她服藥的方式亂糟糟的很沒有秩序，只約略地遵從指示的劑量。然而，在學校這邊卻沒有人注意到絲毫的改變。大家都覺得她就是那個樣子。笑容可掬又很投入工作。也許，偶爾在一些小地方，她的某些態度會顯得有點奇怪，就好像有人看到她在教室裡自言自語，可是沒有什麼是值得拉警報的。她的朋友莎碧娜也覺得她有點冷淡疏遠，不過一定要把這點算在友情的疲乏上頭。只有愛情才是真金不怕火煉的。在經過一段時間之後，我們可能會有那種聊天聊到最後都變成僵局的感覺，尤其是在我們每天都跟同一個人一起吃午餐的情況下。而且這樣的感覺在職場的環境中可能會更嚴重，當討論的內容總是不停地圍繞著封閉環境中的其他同事與一再重複的故事打轉。話雖如此，莎碧娜還是會拿一些她自己性生活上活色生香的見證和其他細節來讓她們的交流換換氣，可是這麼做卻會讓馬蒂妲逃得更快。她無法忍受別人跟她敘述關於感情生活中哪怕極微小的風流韻事。然而，某一晚她卻禁不住誘惑，想在某個交友網站上註冊。莎碧娜跟她解釋過這些應用程式是根據地理位置運作的。她孤家寡人、被人拋棄，她想像著艾提安和依莉絲在一起，所以是的，她差點就註冊了，不是為了找人約會或聊聊，而只為了找到一個男人可以占有她卻不問任何問題，這點幾乎讓她興奮起來，但也只持續了幾秒，然後她又跌落到她真正感受的現實中：就連想到自己被一個男人觸碰都令她作嘔。

因此，她漸漸地跟別人疏遠。

然後她覺得走廊又變得更長了。

然而，除此之外，一切都和以前一樣。

讓我們回到馬特歐身上。

他拿著書走上前來，想要釐清一個關於阿爾努夫人的細節：

「對不起……我想要請教您的看法，關於依莉絲夫人的態度……」

「……」

馬蒂妲狠狠地打了這個年輕男孩一巴掌，還在教室裡所有學生目瞪口呆的注視之下。震驚的他，靠著牆癱坐了下來。他呆掉了幾秒鐘，才任由淚水滑落到臉上。馬蒂妲也一樣，呆了片刻，一動也不動，然後才衝向馬特歐跟他道歉。心慌意亂的她不知道該怎麼辦。她試著去把他扶起來，解釋說她不知道自己的腦袋是怎麼了，然而她其實非常清楚是怎麼回事，她聽見馬特歐跟她提到依莉絲，她沒有發瘋，這是不可能的，他真的說了依莉絲，她聽見了，如果她聽見了，那就是他真的有說。

一個學生跑去找來貝提耶。他馬上了解到事態的嚴重性，因為馬特歐的臉頰又紅又腫。這一巴掌打得極為猛烈。他要求他們把男孩送去醫務室。馬蒂妲望著他離去，一面還在繼續道歉，然而實際上卻沒有任何聲音從她嘴裡發出來。

53

馬蒂姐驚慌失措，站在校長的辦公室裡。

「您要喝茶嗎？」

「……」

「貝榭小姐，您想不想喝茶？」

「不用了，謝謝。」

「發生了什麼事？」

「……」

「一定要跟我解釋啊……」

「……」

「這件事可是很嚴重的。我們不可以這樣打一個孩子……」

「他什麼都沒做。」

「您無緣無故地打了他一巴掌？」

「對。」

「聽好了，您應該要講得更清楚一點。家長一定會去投訴的。我也許可以阻止他們這樣做。可以保護您。可是您得要幫我啊。」

「我無話可說。我也不知道為什麼……」

「您最近有什麼困難嗎？」

「沒有。」

「我對剛才發生的事感到非常難過。您要仔細考慮一下您想要說什麼或者不想要說什麼。不過明天開始，您就不能再來了。您要被停職查辦。我會盡一切努力為您辯護，您知道的。我會說是因為過勞的問題。您需要休息……就這樣。然後我希望處分不會太重。這點讓我有點擔心……我就明說了……因為您是在一整班的學生面前做出了這樣的舉動。有許多的目擊者，這點會讓情況變得相當複雜。」

「……」

馬蒂妲不知道該說什麼。她自己都還處於震驚的狀態中。她從來沒有對任何人暴力相向過。可是她真的聽見了馬特歐說那些話。他說了：「依莉絲。」她試圖緊緊抓住這個假設，這點也許可以為她的行為稍微做些辯護，可是她非常清楚那是胡思亂想，他不可能真的說出那個名字。她必須要面對事實：她聽見一個聲音。那是一種幻覺。

54

當天晚上，躺在一片漆黑當中，馬蒂妲明白抗爭是沒有用的。人生不能容忍腦袋不清不楚的人。她大可為了那誤入歧途的一秒鐘道歉賠不是，但她還是犯下了職業上無法挽回的錯誤。幾年來的慈愛良善突然被她剎那間的神智不清一掃而空。所造成的後果在她看來覺得不成比例，面對這樣的不公，她甚至連感到憤怒的力氣都沒有。

55

她決定要下樓去見納穆芝安醫師。又一次地，在沒有預約的情況下。還冒著在上班時間之外去打擾到這位女士的風險，可是馬蒂妲需要跟某個人談一談。不然她可能會下樓到街上，然後抓住第一個出現在眼前的、願意傾聽的人，就像瘋子會做的那樣。

蘇菲・納穆芝安剛吃完晚餐。她像大多數的晚上那樣一個人在家。她打開門，並沒有真正的感到驚訝。一旦我們接受了第一次的夜間拜訪，我們就知道一定還會有更多次。馬蒂妲一開口便先是道歉，然後保證她不會停留太久。不過就在她說出那些話的當兒，她卻突然萌生出一股怪異的印象：她眼前的這個女人的樣子看起來並不太好。這點在她看來顯得完全自相矛盾。彷彿像個義務似的，醫生就得永遠保持身體健康；而精神科醫師就得在人生中擁有美滿的人際關係。馬蒂妲也許期待著接待自己的人是某種智者，頭上帶著永恆性靈光輝的光環，飛越日常生活的一切瑣事。但真相要來得務實多了：這位精神科女醫師被白天的工作累壞了，而且只有一個願望：任由電視節目殺死她的腦神經元。她不覺得自己還有辦法進行任何具有建設性的會晤，然而她別無選擇。她必須要接納這個她眼看著日益消沉的鄰居。

不想把她的鄰居當成病人看待，精神科女醫師又再一次提議喝茶。她們在廚房裡喝茶。老實說，那是一種名字叫做「安寧夜」的花草茶。要是能真的這樣就好了，馬蒂妲心想。要是我們能夠喝下我們接下來幾個小時的節目該有多好。她夢寐以求的就是這樣的安寧夜，而這杯飲料將會帶給她實際經歷一個安寧夜的希望。然而卻是徒勞，她喝下的是一個謊言。

「您過得怎麼樣？」精神科女醫師問道。

「糟糕透了。我打了一個學生一巴掌。」

「請您跟我說明事情發生的經過。」

「那是一個我非常喜歡的孩子。我以為他跟我提到某件其他的事。提到那個女人，艾提安就是跟那個女人離開的。我不知道為什麼會這樣……然而當時他說的是阿爾努夫人。」

「阿爾努夫人？」

「對……是《情感教育》這本小說裡的人物……總之，這不太重要……」

「這種情形挺常見的，您知道嗎？當我們沉迷於某種情境的時候，我們就會到處看見它。」

「我的反應是真的太激烈了，那不是我。」

「我懂。所以您所遭受到的是一場非常嚴重的情緒衝擊。而這種衝擊必然會產生後果。」

「什麼樣的後果？」

「比如說，就像您剛剛告訴我的這樣。那是一種與現實的脫節。」

「現實……我覺得現實逃脫了，真的是這樣。然而我現在卻感到自己是如此的清醒。這會不會與您開給我的藥物有關？」

「不會。那些藥物的目的是要讓您平靜下來。我再次重申，在我看來，您所經歷的過程是您的創傷所造成的後果。」

「您試圖讓我感到安心，可是我真的覺得我正在變成瘋子。」

「如果您瘋了，您就不會為您的作為感到崩潰。您會企圖為之辯解。」

「您認為事情會回復正常嗎？」

「會的。需要花點時間。您必須要有勇氣，而且需要有人協助。」

「……」

「您身邊有人可以幫您嗎?家人?朋友?」

「並不是真的有。」

「您上次不是跟我說過您姊姊曾經來看過您?我想,她很擔心您吧。」

「我姊姊?」

「是的。」

「我們其實沒那麼親近。」

「好吧,無論如何,如果您有需要,我就在這裡。您正在經歷的是一種不利處境。您今晚吃一顆安眠藥吧,您應該要好好睡覺……」

馬蒂妲想道謝,卻說不出口。她當然覺得這位精神科醫師充滿善意,可是她在觀察她時卻禁不住感受到別種東西。那東西好像藏在她的眼睛裡。必須要很專注才能看出來,可是馬蒂妲就是有辦法看出來。她在精神科醫師的虹膜裡看見了某種形式的喜悅。這個女人,在她那副貌似遺憾的外表下,一定是對他人的不幸感到開心。這就是為什麼她會為了她打開大門,為了要再得到多一點的樂趣，某種夜間的小確幸吧。甚至，也許她給她的是些黑市弄來的藥，這就是為什麼她會打了那個孩子，一定要停止服用那些髒東西，啊，這就對了，現在一切都說得通了，她叫她吃一顆安眠藥是為了讓她的腦子變遲鈍，這一切都結束了，她再也不會過來找她看診。而且如果她在樓梯間遇到她的話，她也不會再跟她打招呼了。

56

調查進行得極為迅速，處分也立即生效：因為動手打了學生，馬蒂妲被停職，直到新的命令下來。她活著的理由要消失了。然而，為求避免處分，她也努力奮鬥過。她去見了馬特歐的雙親，好請他們不要提出控告，而她也說服了他們。只是有太多的目擊者了，考慮到發生的事情，要讓她保留原來的職位會是一件非常複雜的事。此外，還有一個因素對她不利：她第一次請病假的那張赫赫有名的醫師處方證明。因為心有疑慮，貝提耶在耳光事件發生之後跟那位精神科醫生取得了聯繫，後者向他證實確實有開出一份停工一個星期的病假證明。校長因而得出結論，認為馬蒂妲對他撒了謊，因為她的確諮詢過這位精神科醫師。把這個新元素列入考慮之後，他無法容許自己為她辯護。他很清楚地覺得，儘管她一再否認，他的這位老師已經變得既脆弱又不穩定。當她得知消息的時候，貝提耶盡了全力安慰她：「這個案件會花上幾個星期……剛好可以讓您好好休息……從好的基礎上重新出發……而且有我在這裡等您……這裡永遠都會為您留一個位子的，我跟您保證……」他最後這樣告訴她，卻心知肚明現在要讓馬蒂妲重返這間學校會是一件多麼困難的事。

57

她的處分開始生效的那一天，她哭了好幾個小時。屬於她自己的磨難，在她看來都可以克服，可是丟下她的學生這件事卻令她難以忍受。沒有她他們該怎麼辦？尤其是可憐的馬特歐，他本來是那麼地需要她。她定是讓他遭受到精神創傷，不僅如此，她還怕他會再度陷入陰沉。她的罪惡感永遠不會消失。

幾天過後，她得知為她代課的人已經開始教學生研讀另一本小說，甚至沒把《情感教育》教完。福樓拜會在未完成中死去。

58

心理醫師先前有說過「不利處境」這個詞。就像經常做的那樣，馬蒂妲會去查證一些字詞的明確意義。有時候她覺得字典看來似乎是唯一可靠的空間。她查證了這個說法的確切定義。結果讓她大為觸動。字典上是這樣寫的：「在一個人的生命中的困難階段，是暫時性的，或者人們會想認為是暫時性的。」所以原來如此啊。對於困難階段這件事她同意。這是最起碼可以說的了。如果說「暫時性的」這個詞能讓人放心的話，這個詞一樣也能令人焦慮不安。誰能預測一段不利處境會是多久？當人們經歷一段困難階段時，這階段可以持續整整一輩子。要不就是這麼說吧，造成的後果會影響他接下來的整個人生。

59

艾提安過來拿走他私人物品的這一天到了。在兩個星期之後，她就該把公寓還給房東了。她不知道自己該往哪裡去。她沒有能力去找房子，沒有辦法對明天做出絲毫的設想。就現在而言，她決定要在附近一間咖啡館中度過一天。因為絕對不可以遇到他或是幫忙他搬家的朋友。這天過完的時候，她上樓回家，走進這間原本屬於他們兩個人的公寓，而現在，這間公寓裡屬於他的存在已經被永遠地切除了。凝視著這個空掉了一半的場景，就好像一種雙重複加的暴力。根本就是她所經歷之事的完美體現。一個不完整又不勻稱的世界。凝視完這場災難的結果是，她發現他把他們所有的共同回憶全都留了下來，他沒有從他們的故事中帶走任何東西。裝了照片的相框，一起買的抱枕靠墊，從假期中帶回的紀念品，所有這些，全都被留在這裡，彷彿在說她應該要獨自設法擺脫掉這段對他而言變得過於沉重的過去。

60

接下來的日子彼此混淆在一起，形成了僅僅只有一天，但長度卻是奇形怪狀的一天。馬蒂妲再也沒有衡量日子的準則，她再也不回電話，甚至連出門採買也都不再去了。她任由自己偏離航道，失去控制。她覺得好像聽見有人在敲門，可是她對此並不確定。畢竟，她打了一個學生一巴掌，就因為她自己幻想出來的對話。所以，誰可以證明她聽見的東西是真的？然而，真的有人正在敲門，而且敲得越來越用力。擔心得要死的阿嘉德，最後打了電話給消防隊。於是她便發現她妹妹處於一種接近癡呆的狀態，就像一頭受驚的動物那樣。

61

馬蒂妲花了數不清的好幾、好幾小時才恢復神智。然後她在姊姊的懷裡哭了起來，而姊姊則輕聲說了一些安慰的話語。她為她放了一缸洗澡水，還幫她洗了頭髮。馬蒂妲最後說：

「妳想不想進來浴缸裡跟我一起？」

「裡面？」

「對。像我們小時候那樣。」

62

阿嘉德採買了東西，填滿了她妹妹空蕩蕩的冰箱，也收拾了公寓。場景又恢復成正常的外貌，有人擦拭掉了蹂躪過的痕跡。馬蒂妲吃了一點東西，然後終於感謝了她。

「妳早該打電話給我的。」阿嘉德說道，一面克制住自己的不快。

「我知道。」

「妳都知道，可是妳就是不想聽進去。」

「我不想要麻煩妳。妳有妳的人生。妳有莉莉。」

「妳怎麼可以說這種話？妳難過。妳覺得我不會感受到嗎？」

「是啊。」

「我們是姊妹。」

「我知道。」

「我們必須談一談。」

「談什麼？」

「我知道再過四天妳就該把公寓還給房東了。」

「已經？」

「對。妳有預先想過要怎麼辦嗎？」

「……」

「好吧，妳就到家裡來。我們把莉莉的床放進我們房間，在妳找到什麼東西之前就先這樣吧。」

「妳確定？」

「當然。妳現在的狀況不適合獨處。我要來照顧妳。妳會好起來的。然後我們再幫妳找一間公寓。妳要把自己重建[15]起來。」

「妳一向都是那麼地積極正向。」

15　作者註：馬蒂妲想到這還真是個很恰當的字。「我應該要重建自己，是的，因為我被毀壞了。」

「可是妳也一樣，妳也是啊。好吧，現在這樣也許看不出來……」她說道，抑制住一絲笑意。

然後，終於，這個笑意決定要確實存在。這聲笑還把馬蒂妲的笑聲也牽動了出來。有那麼長的一段時間她都沒有笑過了。這個笑聲神經質，無法控制，可是感覺卻是這麼的好。兩姊妹似乎彼此了解。馬蒂妲責怪自己沒有更早尋求阿嘉德的幫助。她以為有辦法完全靠自己一個人克服苦難，然後最後她便落得這樣的下場：躲在她的客廳中間隱居起來，把自己活埋了。

63

阿嘉德是如此的務實。我們說的是搬家這件事的實際層面。馬蒂妲要把她的家具放到一間存放家具的倉庫，然後只拿走她的衣服。姊姊與她的先生，斐德列克，會租一輛小卡車搞定一切。她可以放心把事情交給他們。她不再是形單影隻的去面對她的艱難困苦了。

64

在關上門之前她朝客廳看了最後一眼。

她想要再觀察一下這段已經不復存在的人生。

然後，終於，她離開了這裡。

一切都結束了。

第二部

Deuxième Partie

Deux soeurs

1

馬蒂妲夜裡有很長一段時間都睜著雙眼，她在自己眼前重複放映著最後幾個月的電影。從克羅埃西亞開始，一直放到這一夜，就是這裡，她睡在一個嬰兒的房間裡。從一個美好夏天的滿天繁星到現在這種貼在天花板上的另類星星。對，她觀看著這些讓人想起滿天星斗氛圍的便宜小圓片。馬蒂妲讓自己被浸透在這種人造的假美感當中，然後才振作起來告訴自己：「它們很美麗，但它們是假的。」

2

在一間嬰兒房裡睡覺。是該看出這其中有什麼象徵意義嗎？我們大可從中覺察到一場重生的開端，是個重新出發的理想場景。然而馬蒂妲覺得自己距離所有這類命題還非常遙遠。甚至完全相反，當她一動不動地躺在床上時，她覺得自己好像還在往下墜落。她看不見任何的理由可以去期待最些微的改善。少了艾提安度過的每一天，在她看來都像是少了一個活著的理由。

3

一大清早，阿嘉德輕手輕腳地打開房門，來看看是否一切安好。她的反應完全就跟只有她女兒在的時候一樣，沒有敲門就進來了。馬蒂妲連忙閉上眼睛，以避免任何交談的機會。她要等到所有人都離開公寓，才有辦法走出她的避難所。一個小時之後，她才這麼做。她發現桌子上有一張小字條：「早上有咖啡和麵包。如果妳有任何需要，無論是什麼，不要猶豫，都可以打電話給我。我跟莉莉差不多晚上六點的時候就會到家。晚上見了，我親愛的妹妹，阿嘉德。」善意是不是也有可能令人難以忍受？這張可愛的字條，倘流而出的細膩關注，幾乎令她感到噁心。她在其中嗅到了優越感的臭味，人家對她說話的方式就好像在對一個蠢蛋說話。

馬蒂妲的敵意是可以理解的。人一定都會為自己遭受的苦難尋找代罪羔羊，而阿嘉德很完美地勝任這個角色。隨後，在她不斷轉來轉去的疲憊腦海中，她又為自己會有這種想法而責怪自己。要是沒有姊姊她該怎麼辦？也許這樣想很奇怪，不過把她們彼此拉近的竟是她的流浪。多年來，她們的關係已經變得很膚淺。她們最後幾次的見面都圍繞著莉莉。艾提安有時候也會跟她一起來。馬蒂妲希望這樣也會給他帶來想要一個孩子的渴望。她記得當他把小女嬰抱在懷裡時自己的激動之情，一個她現在必須要從記憶中驅散的畫面。

所以說莉莉的誕生成為姊妹倆往來稍微變頻繁的機會，不過她們之間缺乏親緣情感的關係並沒有因此而改善多少。畢竟，**生為姊妹的事實**是把她們連結在一起的唯一名目。

4

馬蒂妲走進這對夫婦的臥房。她在床上坐了一會兒，四下張望。她最後拉開了一個抽屜，碰巧讓她發現了姊姊的小內褲。持續翻找了一會兒，她發現了姊姊其餘的內衣。馬蒂妲很難想像姊姊穿著吊帶襪或是連身內衣的樣子。裝在這個櫃子裡的，可是一整個性生活啊。她想像阿嘉德藉著情色內衣來試圖刺激斐德列克的樣子，這一切應該有點可悲吧。

她花了一整天侵犯他們的隱私，先是發現他們戀愛初期寫給彼此的信件，然後還閱讀了起來。她原本想要取笑他們，她自身的磨難讓她陷入了尖酸刻薄的譏諷或者說是一種對於別人幸福的惡意嘲弄。然而過了一會兒之後，一個令人難以承受的證據卻讓她無以為繼：這兩個人是真心相愛，這兩個人是真的幸福。他們展現的樣貌正是她已經失去的樣貌。她開始哭泣。

回到家時，阿嘉德發現她的妹妹淚流滿面。她趕緊走向她，然而她的動作卻因為看到她的信件散落滿地而煞住。

「妳讀了我們的信？」

「對，對不起。」

「聽著，馬蒂妲，我們對妳伸出援手。我們收容妳住下來。但是亂翻別人的東西，這種事是不可以的。」

「我知道……妳怪我嗎？」

「沒有，還好。」

「妳確定嗎？」

「對。」

「我跟妳保證我不會再犯了。請不要告訴斐德列克，拜託妳。」

「為什麼？」

「他人那麼好。我搬過來住對他來說應該已經不容易了……所以，我不希望……」

「我什麼也不會告訴他。」

「謝謝。」

「好了，別哭了。」

「你們是那麼的美。」

「什麼？」

「你們的愛情故事很精采。我以前都不知道。斐德列克給妳寫了那麼美好的東西……」

「對耶……這倒是真的。」阿嘉德回答，心裡默默想到她的丈夫已經很久都沒有再寫信給她了。

「他真的是個妳可以仰賴的人。」

「是的。」

莉莉朝著她的母親爬過來。當她打開房門，發現馬蒂妲在哭的時候，阿嘉德就把她的寶寶放到了地上。莉莉現在被她抱在懷裡。馬蒂妲認為必須要說點什麼，要想出一句恭維的話。她最後帶著一種有點過度刻意的讚賞，輕聲說道：「她爬得那麼好實在是很瘋狂，我覺得她一定很早就會走路。」

5

那天晚上稍晚一點的時候，阿嘉德心想她根本不應該去上班的。她的妹妹正處於心理困擾的階段，她需要的不單單只是一個容身之處，而是一種陪伴。她不再怪她亂翻她的私人物品了。事實就是，如她許下的承諾，她不會告訴她丈夫。斐德列克願意接受這種狀況已經太可愛了，考量到他們的公寓才多大。更何況他睡得很不好，因為莉莉就在他們的床邊。他白天有一部分的時間都覺得自己輕飄飄的，然而他正在為一場關於人工智慧的研討會做準備。最近幾個月以來，他併入了一家把所謂「智慧」連網裝置商品化公司，而且這家公司也在思索這些產品未來的演變。這件事讓他熱血沸騰。不過，當他講到這件事的時候，他身邊的人卻沒辦法完全聽懂。至少阿嘉德就是這樣的狀況。她自己也才剛剛受雇於一間新的銀行擔任理財顧問。跟她丈夫完全不同的是，她對自己的職業並不真的具有多大的熱情，可是人就是得賺錢養活自己啊，她告訴自己。因此，他們這對夫婦算是一種還滿經典的夢想與務實的組合。

第二天早上，阿嘉德打電話給她上班的分行說她覺得不舒服。她把莉莉送去托兒所，然後帶著一堆做早午餐的材料回家，她買了所有馬蒂妲喜歡吃的東西。馬蒂妲醒來的時候為這番滿滿的善意感到驚豔。「我能有妳真的是太幸運了。」她低聲說道。姊妹兩人緊緊相擁，她們已經有好多年沒這麼做了。

阿嘉德已經預先想好今天一整天的節目：

「我們今天要來好好照顧妳，我保證這樣會對妳有好處的。我們要去找美髮師、美容師，然後我們可以再給自己來做個土耳其式三溫暖。」

「我不確定我是不是想要這些……」

「妳別無選擇！我是妳姊姊所以妳要聽我的。」

「……」

馬蒂妲接受了。至少可以去一趟美髮師那裡。雖然她很懷疑擁有乾淨的頭髮是否會幫助她感覺變好，但是她後來不得不承認，這麼做確實讓她感到放鬆。她們接下來去了一間按摩沙龍，給自己做了個去角質療程。如她一向的習慣，馬蒂妲的思緒又停駐在這個詞上：去角質。一種擺脫掉老舊皮膚的方式。這當然是一種幻想。艾提安的離去在她身上留下了不可磨滅的印記。

她們回到家喝了杯茶。坐在沙發上，腿上蓋著一條毯子，阿嘉德提議要來看一看她們童年的照片。馬蒂妲想要做些努力，給她姊姊一些擔保，然而她真正的渴望是從中脫身。所以她什麼都說好。儘管重新投入她們的回憶幾乎令她感到作嘔。阿嘉德以一種刻意的方式對青少年時期的某些時刻感到欣喜若狂，企圖讓那些最平淡無奇的時刻顯得意義非凡。人們是那麼容易地去把過去的小故事賦予上一種近乎帶有神話色彩的味道。阿嘉德在回憶起一些不太有趣的片段時大笑，這點惹惱了馬蒂妲，不過她並沒有表現出來。她也假裝微笑，不過要是她姊姊是個稍微有那麼一點洞察力的人，她就會察覺到這個用顴骨堆出的詐騙。無論如何，馬蒂妲倒是對一件事情感到震驚：在那些照片上，阿嘉德看起來永遠比她要來得開心。因為她喜歡在鏡頭前微笑嗎？不，她對於生活的樂趣似乎就是比較看得出來。這不是一個一眼就會注意到的元素。在她們的童年時期，從來沒有人說過大的那個比小的更容易開心，反而大家常常說她們的脾氣相當。那麼為什麼馬蒂妲現在會察覺到這一點？當然這是非常細微的一點，可是現在她就只看見這一點。在她看來很明顯的，就是從當年就可以看出阿嘉德比她更擅長得到幸福。

像個度假村裡的活動管理員一樣，阿嘉德現在提議去給陽台上的植物澆水。說起她的花花草草時，口氣就好像在講她其他的孩子似的。她好愛她的天竺葵，還更愛那些圍繞著她的小露台整整長了一圈的常春藤。馬蒂妲不記得阿嘉德對花花草草具有這樣的熱情，總之，她以前從來都沒提過。一定是隨著她的伴侶、婚姻、這個公寓一起來的吧。為了一個六米見方的小陽台狂熱成這樣，一副好像她擁有的是個十二公頃的莊園的樣子，這件事還是有點可笑。她**用愛**給所有的盆栽澆水，因為花兒們都**非常口渴**。馬蒂妲心想幸福也許就在這裡吧，在實質工作的完成當中。對於姊姊的花卉狂熱她不會做出負面的評斷，反倒是，在對於美麗事物的組織當中具有一種不言而喻的樂趣。

「過來幫我弄常春藤。我得要把它們稍微修剪一下，不然它們要落到樓下的鄰居家去了。」

「好啊，我該怎麼做？」

「只要穩穩地扶著我就可以了。通常這是斐德列克負責的動作。」

然後阿嘉德拿著她的大花剪爬上梯子。馬蒂妲靠近她，好扶住她的腰。她很驚訝地發現她的姊姊既不感到害怕也沒有懼高症，儘管是九樓高的陽台。在這種對於危險的藐視當中具有某種迷人的成分。

「妳不會害怕嗎？」馬蒂妲問道。

「不會啊，我習慣了。而且妳還穩穩地扶著我。」

「也對。」

「它們這麼會長也太誇張了。我裝了爬藤架，然後它們就纏繞著爬藤架的四周生長。看起來是種很貪婪的植物。當它們選定了獵物，就再也不會放手。」

「我還不曾用這樣的角度去看過這種植物。」

「某些品種的常春藤被稱作『樹木劊子手』。我好愛這種說法。妳不覺得這個名稱太美了嗎？」

「樹木劊子手。」馬蒂妲重複對自己說了一遍。「對啊，真的。我不知道這個稱呼算不算是美啦，不過確實是個強烈的形象。」

「好了，我這邊弄完了。我們來弄另一邊，做完之後我們再去接莉莉，好嗎？」

「我會比較想要休息一下，如果這樣不會造成妳的困擾的話。」

「當然不會，我懂的。我一定是把妳累壞了，我的小可憐！」

「……」

馬蒂妲回到莉莉的房間，然後關上了遮光板。時間還差一點才到下午五點，而她只渴望著一件事：希望夜晚降臨。

6

馬蒂妲吞下的那三粒安眠藥把她一路推進了第二天，直到上午快要結束她才醒來。當她走進客廳時，很驚訝地發現這個模範小家庭的全體成員都在客廳裡。今天是星期六。她早就不知道每天過的是哪一天了。

7

阿嘉德和斐德列克決定盡最大的可能去避免與馬蒂妲談論到她的狀況。他們不斷地試著丟出一些不具有提到艾提安風險的話題。大家差一點就要認真討論起下一屆的花式滑冰錦標賽了。

吃午餐的時候，斐德列克開始講起人工智慧的最新發展。他的話題被他太太打斷：

「很難跟上你說的欸。我沒聽懂多少。」

「真的嗎?可是我已經努力試著講清楚了。」

「馬蒂妲妳呢，妳聽懂了嗎？」阿嘉德於是問起她的妹妹。

「不是真的懂……」

「好啊，這裡沒有人對我感興趣！」

兩姊妹會心微笑，而這個微笑幾乎可以轉變成哈哈大笑，可是並沒有，她們還是停留在微笑的狀態。

儘管如此，馬蒂妲還是很欣賞斐德列克提到他的工作的那種方式。她喜歡懷抱熱情的人。她自己就是這樣的人。這是她第一次真正地看見她的姊夫。如果說她以前從來沒有多花時間在他身上，她倒是一直都覺得他這個人很親切，也許有時候有一點愛作夢，不過的確是個穩定又善良的人。他不是會任由自己被一個從澳洲回來的前女友給抓去的那種人。仔細端詳他，她開始覺得他有他的迷人之處。他的樣貌特徵看起來就像一首人們會馬上想起歌詞的歌。而且，他還是個慈愛的爸爸，具有恰到好處的權威感，足以讓全家人能夠從容安穩地想望未來。

斐德列克向馬蒂妲提議來杯咖啡：

「對不起，你說什麼？」她回答，迷失在自己的思緒裡。

「妳想來杯咖啡嗎？」

「不用了，謝謝，沒關係。我晚點去外面喝。」

「妳要出去？」阿嘉德問道，語氣帶著一絲擔憂。

「對，我要出去透透氣。這樣也許對我會有點好處。」

「妳希望我跟妳一起去嗎？」

「不用，你們就安安穩穩地待在一起吧。我不想要一天到晚麻煩你們。」

「可是妳並沒有麻煩我們啊。」斐德列克說。

「你人真好……」她低聲說道。

8

馬蒂妲不知道可以去哪裡，於是她便去散步：哪裡都不去。情況是如此複雜。艾提安早就以他的存在汙染了巴黎。無論她走到哪裡，都會有他們共同生活的回憶浮現眼前。五年下來，他們早就把巴黎變成了他們幸福的附加物。如今這個幸福已死。怎麼辦呢？馬蒂妲最後決定去買一張巴黎市的地圖。回到她的房間之後，她攤開了地圖，用一支簽字筆，把所有她記得跟艾提安一起去過的區域都劃掉。最後算起來，根本沒剩下多少地方了。巴黎被縮限到成為一串荒謬的小島，真的就像是監獄的牢房。

9

晚上沒過多久，斐德列克就宣告他要去睡覺了。他太太問他：「這麼早？」他回答說他累壞了。

「都是我的錯。」馬蒂妲說。

「才不是呢……沒有的事。」斐德列克回答。

「就是。我知道要跟莉莉一起睡是很不容易的事。她應該半夜會吵吧。我覺得讓她回來我房間會比較好。而且，要是她半夜醒來，我完全可以照顧她。」

「會有點難聽見她的聲音喔，如果妳吃安眠藥的話。」阿嘉德指出這一點。

「我正打算停掉。安眠藥讓我整個人昏昏沉沉的。這樣下來我是不會更好的。」

「這點倒是真的……」

「我就不瞞妳說了，這樣對我們來說是會比較舒服。」滿懷感激的斐德列克再次說道。

「那我們就這樣做吧！而且不管怎麼樣，就算莉莉把我吵醒，我白天時還是可以睡。我不像你們，我又不上班。你們對我這麼好，這是最基本的小事了。」

「妳什麼都不欠我們。」斐德列克說，「這麼做是人之常情。」

「好喔，既然這樣的話，我們現在就去找莉莉然後把她放回到她的房間。」阿嘉德做出結論，以她敏銳的務實主義精神，做好的決定就應該馬上被執行。

稍晚之後，當馬蒂妲正在尋找睡意的時候，她聽到這對夫婦在做愛。顯然，他們努力試著盡可能地保持安靜。他們是不是常常做愛呢？她覺得不是。她發現的那些內衣便可以證明。阿嘉德應該不時會試著刺激一下她丈夫，為的就是要稍微維持住這樣的慾望。馬蒂妲聽見姊姊壓抑住的嘆息聲。從什麼時候開始她自己就沒做愛了？應該可以回溯到艾提安表態的兩、三天前。最糟的部分是她當時完全沒有想到那會是最後一次。當他達到高潮時他在她耳邊發出一聲叫喊，這就是他們的性生活的最後一個動作。她是多麼希望能夠再回到從前，更強烈地重新經歷這一刻，要如此用力地緊緊抱住艾提安，讓他絕不可能從她雙臂的羅網中逃走。想到這裡，她開始撫摸自己。如果她的慾望可以回來，也許會是個好兆頭，不過她什麼也沒有感覺到，她的手指爬過一具死氣沉沉的肉體。

然後莉莉的呼吸很用力，到了一種幾乎會令人擔憂的程度。馬蒂妲無聲無息地爬起來觀察這個嬰孩。隔壁再也聽不見任何聲音了。斐德列克應該是在沉默中達到高潮。他們應該倚靠著彼此睡著了，帶著一種有把工作做好的感覺。莉莉的呼吸和緩了下來，彷彿她感覺到了望向她的目光。馬蒂妲持續一動也不動好長一段時間，凝視著她的外甥女。她想到：「這應該是我的人生，我應該跟我的丈夫做愛，然後半夜起床探視我的小孩，起床看看他是否睡得安好。為什麼這不是我的人生？」馬蒂妲不明白。她覺得自己在這個場景之中是一個入侵者。然而她似乎曾經與這樣的場景是那麼地貼近，近到伸出手指就可以碰觸到。跟艾提安在一起時，他們原本就要結婚的。她可沒有發瘋，他有跟她說過這件事，在克羅埃西亞。然後，他們有講到要生孩子。也許甚至有一天他們還提到了小孩的名字。對於這個細節她再也不是很確定，不過那很有可能是真的。完全可能是真的。如此說得過去，讓她以為這件事幾乎就是事實。結婚、生子、夜裡做愛，起身查看是否一切安好。

是的，一切安好。

莉莉睡得是那麼的深沉。完全就像母親在意外發生的那天，姊姊熟睡的樣子。當她們的母親在夜裡叫喊的那次。對，她就是以一樣的方式在睡覺，保護免於遭受到發生在其他人身上的不幸。這兩個影像在馬蒂妲的腦海中重疊在一起，彷彿就像是兩種幸福之間的對話。

10

接下來的那個星期一，在客廳中央安頓好的馬蒂妲，對著一班想像的學生上課。她從點名開始，每個名字都在空蕩蕩的房子中發出回音，這點為此刻的狀況添加了悲傷的感覺。最好的形容是，我們會以為是一位女演員正在為某個試鏡排練一場戲。

馬蒂妲在沉默中癒合傷口，她不跟姊姊談論她的感受。被中學解雇這件事在她眼中變得幾乎與艾提安的離去一樣重要，這兩件事形成了一道完整的創傷。在她被人棄之而去的那個時候，唯有她的職業生活讓她可以不至於沉淪下去。她當時得以存活，就是多虧了這種她覺得自己有用的感覺。而現在，她存在的理由又是什麼？夜裡看顧一個嬰兒？對，理由可以是這件事。貝提耶不時會傳一些訊息給她，為了問候她的消息，同時也跟她說到他參與紀律委員會的過程。她沒有回覆。隨著時間過去，她對於沒有人為她伸出援手這件事感到越來越憤怒。沒有人認為應該要為她奮鬥、為她抗辯下面說的這件事：我們不可以把一個人與她的一時走偏牽扯在一起。有那麼一段過去、一種職志，一種我們會判定為表現非凡的投入，所有這一切都被那惡劣的一秒鐘給掃到一邊去。所以說我們的行為是這樣組合起來的？人們會相信這個走偏的片刻會停留下來成為人們對她所留下唯一印象。浩瀚如大洋的完美當中的一個錯誤，而人們卻只去看這唯一的錯誤。

「打開你們的書，翻到第三百三十七頁。」她要求道。

「老師，我把書忘在家裡了。」此時一位想像出來的可蕾夢思說道。

「沒關係。我早料到可能會有這種狀況，所以影印了這一頁。哎，給你們上課什麼狀況都要先預備好啊！」

「謝謝老師。」

「不客氣，可蕾夢思，可是這是最後一次了喔，別再犯了。來吧，我朗讀這一段給你們聽，然後等一下我們再回頭討論這段內容。」

於是馬蒂妲在客廳裡來回走動，彷彿她正穿過一整排的學生，尋找著最佳的位置，好讓她的聲音夠大到足以讓每一個人都聽清楚。她清了清喉嚨，然後註明現在說話的人是斐德列克・莫侯：

「我在這個世界上還有什麼好做的？其他人汲汲營營為的是為財富、名氣、權力！我呢，我志不在此，您是我唯一的事業，我所有的財產，我的目標，我的存在、我思緒的中心。沒有妳我就活不下去，就好像天空不能沒有風那樣！難道您感覺不到我的靈魂正在上升朝您的靈魂貼近，感覺不到我們的靈魂必須要合而為一，否則我就活不下去？」

阿爾努夫人全身四肢都顫抖了起來。

「喔！您走吧！我拜託您！」

她臉上備受驚擾的表情讓他住了口。然後他向前跨了一步。可是她卻退後了一步，兩隻手握在一起：

「您放過我吧！看在老天的份上！發發慈悲！」

而斐德列克是如此地愛她，於是他便走了出去。

馬蒂妲沉默了一會兒，情緒受到這段她記得爛熟的文字而攪動。在他的激昂狂熱當中有的是一種無窮無盡。於是她加以說明，在這篇文字前面一點的段落中，斐德列克才說了：「昨天，我心中的情感滿溢出來……」

「這句話多美啊，不是嗎？我心中的情感滿溢出來……」

「對啊，太棒了。」馬特歐承認。

「喔，馬特歐……我親愛的馬特歐。」馬蒂妲走上前去的時候說：「我好高興你對這句話有感覺啊！」

然後，女老師轉而對全班同學說：

「你們看到了，我們讀到的是這部小說的核心，然後他們兩個人都不得不承認他們之間的愛是不可能的愛。可是他們彼此相愛，他們是那麼地相愛。他們對彼此的愛是一種沒有權力停下來的愛！」

就在這個時候，發生了一件令人驚訝的事。

馬蒂妲就要投入一段關於戀愛的感覺與具有破壞性的激情的漫長分析時，一隻被莉莉遺棄在客廳地上的絨毛玩具熊突然抓住了她的目光。她覺得那隻熊好像在觀察她，她甚至對此深信不疑。更惡劣的是，這隻熊在批判她。在它一動也不動的表情中，她讀到了一絲輕蔑。這隻絨毛玩具在嘲笑她還有她對著想像出來的一班學生上課的樂趣。她憤怒地抓住那隻熊，掐緊它的脖子。完全沒有用，它的表情依舊一樣。她最後把它收進了一個抽屜裡，很高興自己至少還有這樣的力量可以對付它。可是它已經打斷了她的渴望，這堂課到此結束。

11

筋疲力盡了，馬蒂妲癱倒在沙發上。在她上方，有一個小層架，上面有幾本書。她的姊姊不看書，而她的姊夫呢，則是只看科學類的論文。莉莉要在一間沒有小說的屋子裡長大了。出於好奇，她抓了一本書名叫做《智慧大戰》（La guerre des intelligences）的書，作者是羅宏·亞歷山大（Laurent Alexandre）[16]。他在書中探討人工智慧，這個主題正是斐德列克工作上的核心主題。馬蒂妲開始閱讀，心想這樣等他講到這個主題時，她也許就會更能理解他在說什麼。而且，有人對於他的熱情感興趣，這點一定會讓他覺得很高興的。想當年，艾提安曾經想要買一艘船，因此花了很多時間閱讀關於海洋領域的刊物。出於愛，馬蒂妲也投入了解這個領域的知識。然而，這個世界，天生就完全無法激發她的熱忱。後來，在某個週末，他們出發體驗了一趟坐船之旅，然後艾提安這才發現他會暈船。這件事便成為他的熱情的終點。說到底，他在感情生活中也是以差不多同樣的方式在反應。五年來，他對她充滿熱情（他根本完全可以閱讀關於馬蒂妲的專業期刊），然後才發現跟她一起生活讓他感受到的一種不舒服，寧可回到堅實的地面：依莉絲上頭。

16　譯註：羅宏・亞歷山大，一九六〇年出生於巴黎。具有醫師身分的他靠著創建健康知識網站而致富，後來成為企業家、專欄作家，在政治活動方面也非常活躍。他經常以未來學者的身分出現在媒體上，在 YouTube 和推特上都有相當多的追隨者。

12

晚上，在把莉莉哄入睡之後，他們三人一起共進晚餐。馬蒂妲開始講起她讀過的那本書，還向斐德列克提出一大堆的問題。起初，阿嘉德很開心，看到自己的妹妹對一個嶄新的主題產生興趣。她心想，痊癒必定是要藉由好奇心才會到來，循序漸進地，要變得更好，就必須要把世界其餘的部分重新納入自己的生活。接下來，她感到一種微微的不快，看著談論這個話題的二人組以某種方式把她排除在外。的確，她從來沒有對這個話題產生熱情。對她而言，這個主題牽涉到的是事物的單純進化，科學與科技的進步。人類的歷史是建立在變異的基礎上，而她看不出這樣的變異將會變成什麼樣子，正如那些專家喜歡說的那樣，一種朝向未知的翻轉，所以說是一種危險。

「總算有人對我做的事情感興趣了！」斐德列克歡呼。看起來就像個終於被接受一起玩遊戲的小男孩。他差一點就要在椅子上雀躍地跳來跳去了。在他的心裡頭，他跟任何人類一樣。他喜歡人家對他感興趣，那些在人生中有所成就的人就是那些懂得提出問題的人。在馬蒂妲這邊，她的感興趣不是假裝出來的，因為這本書有一整個部分是在談論學校。少了教育上的努力，那些素質較差、教育程度較低的人將會漸漸地被排除在社會之外。人工智慧將會把他們遠遠拋在後面。

「那你呢，具體來說，你的工作是在做什麼？」馬蒂妲問道。

「我們有很多客戶，大多是一些企業，他們要求我們進行模擬好為變異做準備。」

「已經這麼接近了？」

「是的，很快就會到來。簡單來說，機器進步的速度越來越快。機器將會入侵勞動力市場。」

「會到這種程度？」

「我的客戶之中有一個是一家非常大的銀行。他們知道很快他們就再也不會需要財務顧問了。」

「啊，還真好！」阿嘉德突然插話。「你們不但把我排除在對話之外，而且還讓我知道我就快要失業了！」

「喔，妳太誇張了！」馬蒂妲說。

「總之，我累壞了。我要去睡覺了。」

然後阿嘉德就離開了客廳。

馬蒂妲和斐德列克對看一眼，不太明白發生了什麼事。老實說，這是阿嘉德第一次感覺到現在這樣的狀況應該要馬上結束。她必須照顧莉莉、工作、採買生活必需品，在這些步驟當中她感受不到半點樂趣。而現在，對她所做的一切不再心存感激的斐德列克（不過也許她對他的反應也是一樣？），竟然對馬蒂妲與她對於人工智慧少得可憐的知識表現出一副慈眉善目的樣子。只要快快翻完一本書就可以讓她的老公刮目相看，這件事並不難做到。

可是還有另一件事：她在斐德列克眼中看到了一種光。當她對他說話的時候，她就看不見這道光了。她突然想起他們最初的幾個月，當時他們會聊上好幾個小時，而且對彼此生活上的點點滴滴都會感到讚嘆不已。想到這樣的默契幾乎已經消失，就讓她感到悲傷。

13

幾個星期以來，馬蒂妲第一次睡得安穩。探索一個新的主題確實為她帶來好處，而且人家也不再把她當成病人那樣對她說話。當您在難過受苦的時候，每個人都會把您當作是某種爆裂物。跟您對話的人在接近您的同時，都全心期盼著您身上的那條紅線或藍線不會在他們面前引爆一個炸彈。

那段對話非常有意思，馬蒂妲喜歡聆聽她姊夫的解說。她很喜歡他展現出被她的話題激發出活力的方式，畢竟這種人變得越來越稀有了。人類以一種越來越顯著的漫不經心走過歷史，各方面過多的資訊會導致人類對於事情感到興奮狂熱的能力降低到令人驚訝的程度。這點在孩子身上顯得尤其令人怵目驚心，他們認為觀看卡通片是理所當然的，而且常常以一種麻木的方式去做這件事；還有更過分的，就是他們可以在故事看到一半的時候就換去做別的事情，而不是把看卡通的時間當成神聖的時刻。以前的孩子等待看卡通要等上一整天，然後才會在卡通影片在電視上播出的那一刻感受到一種無以名狀的強烈感受。所有東西都隨時可以取代這件事，因而導致慾望降低。於是我們在這裡或那裡注意到胸懷熱情之人的時候，就好像看到了古時候的騎士那樣。斐德列克便是其中之一。

14

馬蒂妲想要感謝她的姊姊跟姊夫，謝謝他們為她所做的一切。雖說她花很多時間照顧莉莉，而這點讓他們得以稍微喘口氣。不過她想要送他們一個禮物。不是什麼很複雜的東西。他們兩人都熱愛古典音樂。阿嘉德彈鋼琴彈了好些年。不過她都以一種很機械化的方式彈鋼琴，沒有半點藝術家的靈魂，馬蒂妲一直都這麼認為，她要是去練柔道的話，也會是一樣的狀況。快滿十八歲的時候，她停手不再彈琴，不過她從前獲得的那份對音樂的知識是她與斐德列克的共同點之一。他尤其喜愛舒伯特。馬蒂妲查過，香榭麗舍劇院就要演出《死神與少女》。她買了兩張票給他們。

「喔，妳太客氣了！」斐德列克說。

「實在太可愛了。」阿嘉德打開信封的時候說：「《死神與少女》！謝謝啦！」

「對，這個選擇再完美不過。」

「然後我會照顧莉莉，當然啦。」

「謝謝。」親吻著妹妹的阿嘉德又再次道謝。

然後她瞄了一眼票券，想要看清楚音樂會的日期：十一月二十四日星期四。

「喔……可是那天晚上我不行呢！」

「真的嗎？為什麼？」斐德列克問道。

「那天是銀行舉辦年度晚會的日子。要跟所有客戶一起過的那種晚會。喔，我好失望……」

馬蒂妲為這個失誤致歉。阿嘉德最後提議說：「你們兩個去吧。我們給莉莉找個保母。」他們稍微抗議了一下，可是為了不要浪費這兩張票，顯然這是最好的解決辦法。那天晚上稍晚的時候，阿嘉德從床上爬起來。她要去翻她的行事曆確認某件事。在十一月二十四號這個日期下，她有記下她銀行的晚會。馬蒂妲之前已經翻過她的私人物品，所以她應該是完全有可能碰巧看到這個訊息的。她是故意買了這天的票嗎？不，不可能是這樣。她應該不會這樣做。可是得承認有時候她就是以這麼無法預測的方式在行動。阿嘉德再也不知該怎麼想，於是她寧可告訴自己，這整件事都只是一個不幸的機緣巧合。

15

日子以一種單調的方式度過，宛如一種三個人的例行公事。音樂會這晚總算到來。很長一段時間以來，馬蒂妲第一次給自己化了妝。斐德列克看到她的時候大為驚訝；說真的，他覺得她特別漂亮。

兩人都為音樂的美好讚嘆不已。馬蒂妲走出來的時候眼中熱淚盈眶。自從艾提安離開之後，她覺得自己與世界的關係被推進了一種麻醉的狀態。激情又再度向她襲來，完全就好像是激情抓住了她的後頸那樣。多虧了舒伯特，也多虧了今晚的四重奏，感性重生了。也許這只是此刻的完美所引發的一種幻覺，不過她覺得自己輕飄飄的，而且甚至還有點快樂。

她很想跟斐德列克一起散步一整夜。巴黎看起來像是一個全新的城市，決議要溫順地奉獻出它的魅力。他也被今晚的魔力打動了。他聆聽大量的古典音樂，但是跟這種置身於昏暗之中，與好幾百位觀眾一起分享一段聲音之旅的這種感覺根本不能相提並論。而這種形式的魔法隨著夜間的漫遊繼續擴散。他已經很久沒有像這樣地跟別的女人散步了。當然啦，這是他的小姨子，當然，其中沒有絲毫曖昧，不過此情此景本身就像是一個回音那樣，迴盪在他人生中所有可以像這樣地，在一位女子的陪伴之下，在巴黎的夜色中遊蕩的時刻，而且也只會呼應到那些多愁善感的片刻。

能夠脫離他們的日常生活，更進一步地認識彼此，對他們兩人而言都是件愉快的事。斐德列克原本只把馬蒂妲看做一位需要人照顧的憂鬱女子。馬蒂妲原本以為姊夫是有點跟現實世界脫節的那種人之一，有時會讓人想搖晃他們叫他們醒醒。離開了公寓，他們就離開了自己的形象，然後發現彼此既敏感又有趣。還有另一件事令斐德列克感到困擾：馬蒂妲和她姊姊相似的程度。他不斷地看見她們兩人之間在面容上、動作上還有語調上相通的地方。阿嘉德就這樣地躲在馬蒂妲之中，而且是他們戀愛開始之初的那個阿嘉德。這天晚上散步下來，斐德列克幾乎覺得好像再次遇到了自己的妻子。

直到目前為止，斐德列克從來沒有比較過兩姊妹。在他看來，馬蒂妲比較肉感，就說她的體態比較健美吧。化上妝、穿上優雅的服飾，她是很多男人會喜歡的那種型。他想問她一些問題，像是關於她跟艾提安分手的事，還有她對於未來如何打算。但是他開不了口。他不是一個很會丟出問題的人，他不是那種老是覺得自己有責任要維持對話進行的人；反倒是，讓沉默蔓延開來，賦予此刻一種冥想的氛圍，他則是一點問題也沒有。馬蒂妲很欣賞這樣的能力。大家期待她做出反應，期待她變堅強，期待她這樣還是那樣。然而她就只是很單純地不知道該怎麼呼吸了。她摸索著，盡她所能地努力試著找到自己困境的出口。這天晚上，走在斐德列克身邊，她明白到自己想要的沒有別的，就只是寧靜而已；對，她想要就這樣讓傷口癒合。她不知道需要花上多少時間，幾天，幾年，幾個世紀，不過就在這一刻她告訴自己，她的心有一天可以像這樣再次跳動起來。

16

回到家的時候，他們很驚訝地發現阿嘉德蜷縮成一團窩在沙發上，手裡拿著一杯花草茶。

「妳已經到家了？」斐德列克問。

「對啊，我不想太晚回來。話說回來，已經午夜了。」

「真的嗎？」他說，千真萬確地感到驚訝。他們聽完音樂會出來的時間是十點，而他沒辦法知道得很清楚兩個小時怎麼就這樣過去了。

「音樂會還好嗎？」阿嘉德問道。

「好啊，棒透了。這趟出門讓我的感覺好到爆……」馬蒂妲說。

「那……就好。」

「妳呢？妳的晚宴如何？」

「很溫馨啊。就是個可以見到所有同事的機會……」阿嘉德回答，語氣中沒有一丁點兒的熱忱。顯然，他們度過的夜晚比起她的晚會要來得精采多了，而這點更強化了她的不開心。

阿嘉德提議幫他們泡杯花草茶，然後走去燒開水。馬蒂妲跟斐德列克又再度講起音樂會。為了不要吵醒莉莉，他們都壓低了音量講話，聲音低到讓人幾乎要以為他們在進行一場低音彌撒[17]。阿嘉德把花草茶放在客廳的茶几上，然後自己在沙發上安頓下來。斐德列克過來在她身旁坐下。馬蒂妲猶豫了一下下，然後走向茶几另一邊的扶手椅。一切又回復了秩序。

「總之，如果你們度過了一個愉快的夜晚，那樣最好。」阿嘉德再次說道，不過這一次的語氣稍稍讓人瞥見一絲不快。

「喔，吾愛，妳不會是覺得嫉妒吧？我會再去買兩張票然後我們一起去聽。」

「所有的場次都賣完了，你明明就知道。」

「那麼我們就去看別的。我一直夢想著要去聽在教堂裡演奏的巴哈。」

「樂意之至啊……」

接下來發生了一件至善至美的事。總之，馬蒂妲是這樣認定她所見證到的事情的。感覺到他的妻子有點不高興的斐德列克，向她靠近，然後伸手拾起一綹遮蓋住她臉龐的頭髮，把它拉到耳朵後面放好。這個動作令馬蒂妲深深著迷[18]。對，斐德列克仔細地把一綹頭髮放回到他妻子的耳朵後面，他緩緩地完成這個動作，而這正是一種告訴她說：我愛妳的方式。這天夜裡晚一點的時候，還有接下來的好幾天也一樣，馬蒂妲都一再地想到這個動作。再也沒有人會幫她把她的幾綹頭髮放回耳朵後面了。

17 譯註：une messe basse，或說小彌撒，將彌撒中唱的部分全部改用唸的那種彌撒。

18 作者註：她覺得這個動作有一種完全的美，而且甚至可以說是：愛的擬人化動作。

嚴格說來，阿嘉德並沒有覺得嫉妒，她對她的丈夫非常有信心。不過妹妹的態度卻讓她感到驚訝。不僅是因為有一部分的她還在懷疑選在這天去聽音樂會是不是真的只是出於偶然；尤有甚者，她更是不明白她為什麼要穿成這樣。當然啦，這樣很好，她把自己打扮得漂漂亮亮的，她再度尋求讓自己能夠激起慾望，可是為什麼她會選在這樣一個跟她丈夫出門的場合來展現那樣美麗的胸線呢？她的態度令人困惑。一如往常，阿嘉德揮去了所有可能會顯得負面的想法，寧願去提起一個她曾經在晚會上談論到的話題：

「有一個同事跟我聊到她上次去克羅埃西亞度假的經驗，她給我看了好多美麗絕倫的照片。明年夏天我們也許可以去那裡？」她對丈夫說道。

「好啊，很棒的主意。」

「這樣莉莉就可以認識大海了。」

「她跟我說在靠近赫瓦爾（Hvar）那邊有一間很神奇的旅館。」

「等等……妳正在講克羅埃西亞嗎？」馬蒂妲打斷她。

「對啊。」阿嘉德回答。

「你們真的要去那裡？」她以一種咄咄逼人的語氣問道。

「我不知道啊。我們只是這樣講講。這只是個方向啊。」

「你們怎麼可以這樣對我？」她提高了音調說道。「這太噁心了！」

「可是妳在說什麼啊？」

「我在說什麼？我在說什麼？妳很清楚我在說什麼！妳是故意這樣做要讓我難過的。這一切就只是因為我跟妳老公度過了一個很美好的夜晚。」

「可是馬蒂妲……我甚至不知道妳在說什麼。還有拜託妳說話小聲一點，妳會把莉莉吵醒的。」

「我才不在乎呢。」

「好，妳可以跟我解釋一下嗎？」

「妳知道的啊！那就是我跟艾提安度過去年夏天的地方。而且這個混蛋在那裡還跟我求了婚。然後你們還想要去？」

「可是我沒有把這兩件事聯想在一起……我……我很抱歉……我不知道該跟妳說什麼。」

「就是這樣。裝無辜。妳最會的就是這個。」

「……」

然後馬蒂妲猛地站起來，衝進了房間。

17

被這晚的氣氛大翻轉給驚嚇到，這對夫婦上床睡覺去。「至少，我們知道跟她在一起的時候一定要避免提到克羅埃西亞。」斐德列克說。他說這句話時是希望能夠逗他的妻子露出一個微笑，可是她依然對她妹妹的反應感到震驚不已。她從來沒有看過她暴怒成這樣。簡直會以為她好像著魔了似的。

「她讓我覺得害怕。」阿嘉德最後說道。

「只是一陣暴怒啦。」

「我看到了她的眼睛，她的眼神很奇怪。我越來越難理解她了，也越來越認不出她了。」

「會過去的。她正在受苦。」

「是啦，可是這種狀況可能持續好幾個月。而我們沒辦法經歷這種狀況。一定得幫她找到一間公寓。」

「我們已經討論過這件事了啊，她目前沒辦法負擔一間公寓。」

「我們可以勒緊腰帶過活。我寧願我們不要去度假然後回復到就我們一家三口的狀態，就像以前那樣。我現在自問我讓她搬進來這件事是否做對了……」

「妳當時別無選擇啊，她是妳妹妹。」

「是啊。」

「需要做的，是讓她遇到另一個男人。不一定是為了忘記艾提安，而是為了告訴自己還是有可能的。」

「你希望這件事情怎麼發生？她從來不出門。」

「我也許有一個點子。」

斐德列克解釋了他的想法。阿嘉德並不是很相信這樣做會有用，不過她告訴自己畢竟總是得試一試。如果馬蒂妲不出門，就得要讓社交生活進入這間公寓。阿嘉德匆匆地想到自從莉莉出生以來，他們就再也沒有邀請過什麼人到他們家來作客了，除了斐德列克的雙親來看過寶寶之外。他們變得沒有力氣去舉辦晚餐聚會。所以就是這樣啊，變成父母親，社交生活的小小死亡。不過事實並非如此。他們本來就沒有很多真正的朋友。表面的關係蒸發掉了之後，就只剩下堅實的核心關係，用一隻手的手指頭就可以數得出來的那種。然後，當他們兩人之中有人要去跟一位男性或女性朋友見面時，他們寧可跟朋友約在外面，才能充分地去品味那種沒有莉莉在的呼吸。在現下他們之間已然建立的這個沉默之中，阿嘉德與斐德列克想到的是完全相同的一件事：他們想要更常出門去玩，找回一點從前生活中的那些感覺。在愛情當中一定會有一段時間，在這個時候，他方會變成一種渴望。

這個沉默被一陣震動聲打斷了，從阿嘉德的手機所發出的震動聲。夜裡，通常她都會把手機轉為「飛航」模式，可是她今天還沒有時間這麼做。訊息來自於隔壁房間：「我想要為我的行為道歉。我不應該那樣反應的，可是我身上的一種痛苦被喚醒了。我知道妳和斐德列克對我愛護有加到了什麼程度。所以如果你們想要去克羅埃西亞，你們完全可以去。再次說抱歉，馬蒂妲。」在讀完這條訊息之後，阿嘉德覺得有一點罪惡感。她早該料想到提起這個國家對於她妹妹會是一種折磨，她很清楚地知道那段假期是她跟艾提安最後的幸福時光，也再明白不過了，今年夏天他們不會去克羅埃西亞。

18

儘管很難看出他的年紀，不過雨果還是比斐德列克要年輕一點。他的表情不斷在青春的率真與乍現的成熟之間來回變換。他看起來完全就像一個不得不扮演成年人的孩子。來自雷恩（Rennes）的他，在巴黎感到有些失去方向。在感情生活的分手之後，他來到了斐德列克工作的公司，算是個沉默寡言的人。他並沒有把話說明白，不過斐德列克漸漸地明白了他改變生活圈的原因。咖啡機前的無數片刻可以讓人拼湊出命運的拼圖。話雖如此，然而斐德列克其實對實情一無所知。

蓼娜，雨果的前女友，跟另一個女孩子同居了。這件事成為一個很大的打擊，意識到自己就好像是讓自己的伴侶對於性向覺醒的啟發者。他一直感覺到她有點受女孩子吸引，而且這一點有時候會令他感到興奮，不過他永遠也無法想到事情會以這樣的方式結束。一部分的他尊重她的選擇，這未必是個容易的決定，然而另一部分的他則是嘴裡還留有一種苦澀的滋味。他心想：「她非得跟我在一起才終於確定承認自己並不喜愛男人。」萝娜看事情的角度就不是這樣。說老實話，她甚至不是很確定自己是女同志，她只是很單純地遇到了一個讓她喜歡的女孩子而已。在愛情的議題上，沒有人真正地了解自己，我們有時候相信一些顯而易見的事情，或者是相信我們所謂的一見鍾情，不過大部分的時候，我們只是在一個參考準則早就被廢除的國度裡混日子。雨果只知道一件事：他不能夠繼續待在這個城市。倒不是因為他害怕遇見萝娜與她的新女友，而是因為別人的眼神令人無法忍受。人們永遠都會把他和分手的理由連結在一起。一件稀鬆平常的事，然而這件事卻肯定會在他的親戚、家人、同事的腦海中占有非比尋常的分量。當他們提到雨果的時候，他們會立刻想到：他的女朋友跟一個女孩子跑了。這就是為什麼他申請了在巴黎的工作。身為一位天才資訊工程師，他馬上就獲得聘用。

斐德列克並不是一位公司氣氛的專家，他卻盡一切所能地幫助雨果盡可能順利地融入公司。他反覆告訴過他好多次了，說他隨時都可以回答他關於公司運作方面的任何問題。他想起自己在六年前也是受到尚皮耶．瑪拉奎斯很完善地照應，他是個性情幽默的男士，而且他還策劃了自己令人難忘的退休派對，為的是要遮掩掉一想到自己不用再工作了便油然而生的憂鬱。一開始，他還會跟斐德列克互傳很多的訊息，然後他們的聯繫的間隔便越拉越長，最後終於以沉默作結。雨果的到來讓斐德列克重新投入了對尚皮耶．瑪拉奎斯的回憶，於是他便著手打聽他的消息。打電話到他的手機時，他遇到的卻是電信業者的語音回覆，說這支號碼是空號，他最後找出了他的家用電話，而接電話的是他的太太。她告訴斐德列克說他的前同事已經在幾個月之前因為腦瘤過世。他不知道該說什麼，甚至連幾句哀悼之詞都沒有辦法說出口。這個消息來得太過粗暴。這位太太為什麼沒有通知她丈夫的前同事呢？答案很明顯：她沒有通知任何人，是因為已經很久都不再有人來問候他的消息了，他在一種耀眼的孤獨中死去。

這就是斐德列克三不五時在跟雨果解釋公司運作的細節時心裡在想的事情。當然正是對瑪拉奎斯的回憶鞏固了這種形式的職場關係。六個月下來，這兩個男人從來沒有在工作以外的場合見過面。所以當斐德列克向雨果提議來自己家裡喝一杯的時候，他一定是有點驚訝的。

19

老實講，這對夫婦策動的這場邀約，採取了一種完全就是即興行為的步調。在快下班的時候，斐德列克對雨果說：「我們到我家去把這個文件做完，你說好不好？我們可以趁這個機會一起喝一杯。」他沒有說出口的是：「我非常想把你介紹給我的小姨子認識，她已經在我們家穴居好幾個星期了。」或者是說：「你的樣子看起來不像是在過著什麼驚心動魄的生活，所以我太太和我心想，兩匹孤狼之間也許會生出一種慾望。」總而言之，最好是什麼也別說，以免對雨果造成壓力，他的樣子看起來還挺害羞的[19]。

一進家門，斐德列克繼續演著臨時起意這場聚會的戲碼，向他太太宣告：「吾愛，我帶了雨果一起回來。我們有一份文件要完成。」

「啊，太好了。我很高興終於見到你本人了。」她對雨果說：「斐德列克跟我講到你講了好久了。」

「我也是……」

「我們來喝杯開胃酒吧？」

「很好的主意。」斐德列克說。

「我來看看廚房裡有什麼東西。」阿嘉德撒謊說道，因為顯然她早就把需要的東西都買好了。簡直可以說這兩個業餘的演員對自己的演技之好都感到驚訝不已。

在走去廚房之前，阿嘉德先走向他們家的第二個房間。馬蒂妲正在用奶瓶餵

19 作者註：他單單只是在打開門走進公寓之前給了他一條奇怪的規則：「千萬注意，不要提到克羅埃西亞。」

莉莉吃奶。自從音樂會那晚她大發脾氣之後，她就一直很努力盡可能地多幫忙這對夫婦照顧寶寶。

「斐德列克帶了一位同事一起回來。妳想跟我們一起喝一杯嗎？」

「好啊，非常好。我把莉莉哄睡就來。」

「完美！」阿嘉德說道，一面朝她的女兒靠過去擁抱親吻她。「今天晚上，是姨姨哄妳睡覺覺喔。晚安囉，我的愛。」

「晚安，媽咪。」馬蒂妲接口說道，代替莉莉回答。

半個小時之後，四個人圍著餐桌聚在一起。馬蒂妲馬上感覺到這是一場化裝舞會，因為沒有半點即興的樣子。只要看看那擺了滿桌子的醃豬肉製品跟開胃餅乾就明白了。不過說到底，也許斐德列克在下午的時候就已經事先通知了阿嘉德，她就跑去採買了。她覺得斐德列克的同事散發著和善的氣息，可是他的話不多。被這個狀況（在他的直屬長官家裡喝一杯）搞得有點緊張的他，狼吞虎嚥地吃著開心果和花生米，以掩飾他的尷尬之情。然而這卻極為適得其反，因為他的尷尬之情還是非常明顯。他一將杯中之物喝完，阿嘉德就急急忙忙地給他添酒水。這對夫婦非常指望用酒精來讓氣氛輕鬆起來。

「馬蒂妲對於人工智慧很感興趣喔。」斐德列克告訴雨果。

「說很感興趣有點太強烈了。我會把這個很感興趣保留給文學。總之，就這麼說吧，我才剛剛理解到人工智慧對未來的影響有多大。」

「沒錯。」雨果說，回應得有點弱。

「你讀過那本書嗎……作者的名字叫做什麼來著？」阿嘉德問。

「羅弘・亞歷山大。」斐德列克回答。

「啊，是喔。」雨果說，沒有把話題延續下去。

「他寫的東西真的很令人擔憂。」馬蒂妲開口了。「他認為以目前這種人與人之間的強烈智識上的不平等，我們將會創造出爆炸性的社會不平等。這就是為什麼他說我們必須要專注在教育上頭。政客他們沒有意識到即將面臨的真正後果。」

「你們知道嗎？羅弘・亞歷山大有一個哥哥在兩歲的時候因為吞下了有毒的產品而過世。」雨果突然說道：「要了解這個人對生命的貪得無厭！」這當然是一則很重要的小故事，不過要用來當作進入一段談話的主題，卻顯得有點慘淡。果不其然，氣氛好像又尷尬了起來，於是雨果又吃了幾粒花生。

儘管如此，大家還是繼續聊了一些關於羅弘．亞歷山大的話題，對這位遠見之士讚頌有加。不過，儘管這對夫婦做足了努力，還是很難讓雨果開口說話。他似乎被眼前這一刻給麻痺了。他滿快便感覺到今晚的聚會看起來像一場不是那麼自然發生的發表會。他應該要努力表現得風趣又中肯，樣子看起來放鬆卻專注，在贊同每個人的同時也要表達出屬於他自己的觀點，總而言之，展現魅力在他看來是一種無法克服的考驗。然後，當然還需要稍微自我吹噓一下，彰顯自己的價值。可是他能說自己有什麼積極正向的事嗎？什麼也沒有。要嘛也沒什麼大不了的。自從夢娜離開之後，他便覺得自己毫無價值，她離去的時候把他對自己的自信心也偷走了。說到底，他與馬蒂妲的共同點就是這個了，可是斐德列克與阿嘉德怎麼樣也不會說：「毫無疑問，把你們兩人拉近的點，就是自從被分手之後，你們兩個都非常沮喪……」倘若是兩人單獨相處，他們也許有可能會分享他們被一場災難搞得人仰馬翻的共同經驗和感受。可是，四個人的情況下，原本可能建立的連結看起來就不具可能性了。

而且，雨果不得不承認一件事：他喜歡馬蒂妲。他寧可從一個不那麼合乎他喜好的女孩子身上重新出發，與展現魅力這件事情重修舊好，就好像參加模擬考那樣。然而此時此刻，他覺得自己有立即的義務要力求表現，他不該焦慮成這樣的。馬蒂妲覺得這個帶著可憐的企圖心想要表現良好的男人很動人，不過此時此刻這些都不是重點。她就是不想要。無論是雨果還是任何人都一樣。在遭遇到她才剛經歷過的那種規模巨大的愛情幻滅之後，你要嘛就是稀釋掉自己，要嘛就是自我封閉。她不知道還會這樣持續多久（除了身體之外，還有誰會知道痛苦和悲傷會持續多久？），不過她覺得自己還沒準備好。

她趁阿嘉德把托盤拿進廚房的時候過去加入她。

「今晚這是刻意安排的嗎？」

「才不是呢。」

「我不怪你們。這樣很有邏輯啊。你們想要給我找個男人才好擺脫掉我。」

「才沒有呢！」

「當然就是這樣。」

「我們只是希望能讓妳開心。」

「那是不可能的。」

「別這樣說嘛。」

「聽著，我不想聊天了，我要去睡覺了。幫我跟斐德列克的同事說聲抱歉。」

「可是妳不可以這樣做啦！」

「真的嗎？妳會強迫我嗎？妳要我跟他上床嗎？那樣會讓妳開心嗎？如果妳叫我這麼做，我就會去做喔。」

「才不呢……胡說八道……」

「那麼就別煩我了，好嗎？我想要一個人獨處。」

「……」

她衝向自己的房間，那裡有莉莉和夜裡的假星星在等待著她。阿嘉德端著托盤回到客廳說道：「馬蒂妲很抱歉。她覺得不舒服，她先去休息了。」這一刻便再也沒有存在的理由。大家都忘記了那份應該要被研讀的文件。雨果又吃了幾粒花生米，然後就坐地鐵回家了。

20

斐德列克對於策劃了這場人為的巧遇感到有點不好意思，他走去敲馬蒂妲的門，完全輕手輕腳地，為了不要吵醒莉莉。他沒有聽見他的小姨子有任何反應。他開始悄聲說道：「馬蒂妲，是我斐德列克……我想跟妳談一談……」因為他面對的還是只有沉默，他開始輕輕地重複說著「馬蒂妲」這個名字，而這麼做幾乎形成了一種搖籃曲的節奏。她終於回答說他可以開門，於是他發現了穿著白色睡袍躺在床上的她，長長的鬈髮散落開來，看起來好像約翰・艾佛雷特・米萊（John Everett Millais）的《歐菲莉亞》，一幅前拉斐爾派的純淨畫像；一個人類的身影迷失在一處奇異的河岸邊，死亡的河岸或是溫柔的河岸。

斐德列克一動也不動地在這幅畫面之前待了片刻，以至於讓馬蒂妲坐起身來問道：「你想見我？」於是他走上前去，卻不太知道該把自己擺放在哪個位置。這個有點親密的過程，讓他在做每一個動作前都要經過令人發暈的再三思索。他應該保持站姿還是在她身旁坐下呢？馬蒂妲最後自己稍微拉開了一下位置，這個動作可以被視為要他過來她身旁坐在床上的一個邀請。他原本決定去找她聊聊道歉，是出於好意，出於一種彌補蠢事的意願，不過現在他不再覺得真的有辦法表露出自己的想法。馬蒂妲又問了他一次，不過這次用上了過去式：「你本來想見我？」他觀察了一會兒他的女兒，她睡得如此安詳，不必像大人那樣永遠都在猶豫，然後終於說道：

「今晚發生的事是我的錯。我完全沒有逼妳的意思，不過就是，妳看，我認為……也許……認識人會對妳有好處。」

「那是你的主意？」

「對。總之，我沒有考慮太多。雨果是一個很可愛的同事，他感覺有點孤單，所以就這樣……」

「你人真好。我後悔自己的反應那麼激烈。」

說出這些話的時候，馬蒂妲握住了斐德列克的手。他們並肩坐著，他不敢轉過頭，害怕與她的眼神交會。尤其是她正盯著他看，她在等待他的目光，肯定是這樣。為什麼她要握住他的手？他們彼此是如此接近，他都沒注意到自己已經是貼著她坐著。他們就好像兩個青少年，手牽手坐在床上，心裡想著是否有勇氣第一次親吻對方。很詭異的對比，可是就在這一刻當中，有了一段停頓的時間，這段時間看起來就像是那種天真無邪的純真時刻。好在，馬蒂妲又繼續丟出對話：

「我不知道自己將來是否會準備好可以開始另一段感情。總之不是現在。我現在對男人具有強烈的反感。」

「……」

「除了對你之外。」

「對我？」

「我越看你，越覺得你很棒。你聰明、細心，又是個很好的父親。我姊姊真的是太幸運了。」

「我……我……謝謝。」斐德列克結結巴巴地說道，然後他感覺馬蒂妲的手按在他手上的壓力。他想要起身，結束這段變得尷尬的轉折，可是某樣東西拉住了他，也許是那場音樂會之後觸動了他的那個感覺，再次勾勒出戀愛之初片刻的感覺，在那樣的時刻裡，取悅另一個人這件事是一種心曠神怡的享受。然而，在他這部分沒有絲毫的曖昧，他愛阿嘉德，他愛她的程度也許沒有最初的時候那麼強烈，但是他知道自己要是沒有她就無法活下去。

他最後站起來，向馬蒂妲道了晚安。她甚至在他還沒有離開房間之前，又再度躺了回去。回到臥房，他找到他的妻子。阿嘉德也躺著，不過卻是以另一種方式。怎麼可能會這樣呢？兩個幾乎一致的姿勢怎麼會製造出如此截然不同的視覺印象？「怎麼樣？她明白了嗎？」阿嘉德問道。再一次，斐德列克又花了一點時間才回答：「對。一切都很好。」他關了燈，這樣陷入黑暗之中令他鬆了一口氣。

21

當天晚上，躺在床上時，雨果想道：「我想女人都不愛我吧。」

22

不，莉莉並沒有倖免於大人的永遠都在猶豫。完全相反，她強烈地感受到周遭的事物，甚至也許還感受到了來自未來的波動。大半夜的時候，她哭了起來。一定是作惡夢了。

馬蒂妲爬起來把她抱在懷裡，一面做幾個規律的動作來安撫她。她最後悄聲說道：「妳不要擔心，我的小親親，為了妳我會永遠都在妳身邊。」這幾句話安撫了寶寶，讓她折返回夢鄉。睡夢當中被吵醒的馬蒂妲一點也沒有因此感到惱怒，這一刻反而讓她感到讚嘆不已。安撫一個如此脆弱的人兒，並且體會到把受到安撫的她放回小床上歇息的那種幸福：這些動作的純粹簡單所賦予的感覺，是生命的力量整個凝聚其中。馬蒂妲對這個夜間插曲感到震撼不已。她酷愛她的外甥女，她喜歡照顧她，喜歡帶著她一起去公園，可是某種更強烈的東西剛剛產生了。馬蒂妲熱淚盈眶。在音樂會那一夜之後，這是另一個感性回歸的徵兆。幾個星期以來，她覺得自己好像被從自己身上撕裂開來，而現在，半夜把莉莉抱在懷裡，把她推入了一種過度情緒化的狀態。她是那麼地喜愛這個孩子。

阿嘉德有沒有意識到自己有多麼幸運？看起來好像沒有。她的幸福在她看來是那麼地理所當然，如果不要說正常自然的話。當人們擁有一切的時候，他們會心想這都是因循事物的常態。說到底她從來沒有經歷過匱乏，或是痛苦，馬蒂妲想到。甚至拿他們雙親的過世這件事來看，她現在覺得姊姊似乎也比她更輕易地就度過了這個難關。阿嘉德對於幸福這件事擁有一種不可否認的資質。至高無上的證明：她在一間銀行裡工作。那是一個為既快樂又平衡的人而設的職業環境；當法文老師，情況就完全相反：每天都必須要去詮釋各種詞彙。這是一個讓人不安穩的職業。說真的，問題不是出在職業。真正的問題，是出在書本上。馬蒂妲書讀得太多了。當我們讀太多書的時候，我們是不可能會快樂的。所有的不幸都來自於文學。她羨慕姊姊缺乏文學素養，她羨慕這種福樓拜只是一段模糊學校記憶的人生。

然後，她開始思考起她母親發出叫喊的那個場景。

這個椎心刺骨的場景，從來沒有完全離開過她的腦海。就是在那一刻，她的整個人生都被改變了，她想。她是第一個面對那個悲劇的人。時間順序就已經對她不利了。這件事再明顯不過：**第一個目睹悲劇的人，就是未來要受苦的人**。她將會像人們感染上疾病那樣地感染上苦難煎熬。馬蒂妲對此非常確定：如果當初睡得深沉的人是她，如果當初發現她們的母親躺在電話旁的人是阿嘉德，那麼一切都會有所不同。然而事情不是這樣，聽到了那聲叫喊的人是她，第一個看見這個後來導向死亡的痛苦的人也是她。而且，她還沒有喚醒她的姊姊。整整一夜，馬蒂妲都在凝視著阿嘉德幸福的面容，在此同時她卻還聽著她們母親的痛苦呻吟。一切都在這幾個小時裡定了案，兩姊妹分別活在相反的兩個星球上的這幾個小時。而且即使到了今天也一樣，當馬蒂妲在受苦的時候，阿嘉德卻依然漂浮在一種無意識的幸福之中。

23

第二天傍晚，就像幾乎每天傍晚那樣，馬蒂妲去托兒所接莉莉回家。在回家之前，她們在公園裡逗留了幾分鐘。一個女人對馬蒂妲說：

「她好漂亮啊，您女兒。」

「太謝謝您了。」她帶著燦爛的微笑回答。

24

完全跟她的丈夫一樣，阿嘉德對於想要策劃一個男人與她妹妹相遇這件事情感到有點尷尬。當然啦，這麼做是出於好意，但是顯然她還在為艾提安的離去受著很大的痛苦，這麼做應該是為時過早了。不過要理解馬蒂妲的感受也實在太困難了。她都不說話，從來不吐露心事。是該要尊重這樣的態度啦，可是這樣讓她的復原軌跡在別人眼裡看起來十分令人困惑。

阿嘉德跟她提議出門去喝一杯。斐德列克會照顧莉莉。而且，出去透透氣也會對她們有好處。在街角那邊，有一間酒吧氣氛還挺不錯。馬蒂妲首先發現光顧這個地方的客層還挺年輕的：

「就是在這種地方會讓我們看到自己一下子變老了。」

「真的嗎？我覺得我們還挺性感的啊！」阿嘉德回答，馬上強調出她想把今晚定調在積極樂觀的標誌之下的渴望。

她們喝掉了一瓶酒，甚至還喝了更多，聊了一些有的沒有的，阿嘉德開始感覺到自己萌生醉意，同時馬蒂妲還是無可救藥的清醒。該是切入真正主題的時候了。

「妳現在覺得怎麼樣？」

「還好。總之是有比較好。」

「妳確定嗎？妳什麼都可以告訴我喔，妳知道的。」

「我知道。」

「有時候我會覺得妳好像在怪我。」

「妳為什麼會說這種話？妳為我做所有的事。要是沒有妳，我都不知道自己會在哪裡……我只是對自己的人生感到憤怒而已。」

「妳不應該說這種話。」

「我無能為力。」

「我懂……」

「……」

「我可不可以問妳一個問題?」

「好啊。」

「妳再也不提艾提安了。我只是想知道妳的感覺如何……對於他的感覺。」

「我不談他,因為我沒辦法說出他的名字。妳要我跟妳說什麼?他離開了我,我對這件事卻什麼也不能做。悲劇的地方也許就是在這裡。我必須接受一個我拒絕接受的狀況。我每天都在想他,無時無刻不想。我有時候會很想死,當我想像他跟另一個人在一起的時候。我告訴自己他將會讓她懷上他的孩子。那就會像地獄般的可怕。就是一輩子的事了。然後,在其他時候,我會比較能接受這個狀況。總之,我有進步。偶爾我甚至會告訴自己說,我們的愛情故事曾經美好過,而這樣已經不錯了。」

她一口氣說完這串長篇大論，就好像這些話早就存在於她腦袋裡，而且她已經反覆練習過似地。她無法忍受談論艾提安，可是她卻願意回答她姊姊，用盡了她所能表達的所有誠意。有時候我們說出心裡的話不是出於內在的需要，而是為了讓別人放心（社會化生活的諸多變態行徑之一）。她的姊姊確實很可愛，可是說真的，她哪裡能懂得什麼是痛苦？她從來沒有被人離棄過。她從來沒有去過克羅埃西亞。斐德列克在認識她之前並沒有跟依莉絲交往過。那麼多的人類方程式，讓她被排除在理解的範圍之外。

避免談論自己的最佳辦法，就是把焦點聚在另一個人身上。馬蒂妲接著說道：

「那妳呢？」

「我？」

「跟斐德列克一起？妳快樂嗎？」

「當然啦。我很驚訝妳會問我這個問題。」

「只是想知道一下。我對妳的人生很感興趣。你們跟剛開始在一起的時候一樣美滿嗎？」

「對啊……當然……總之，的確啦，隨著莉莉的到來，是有點不太一樣。然後又……」

她沉默了，因為不想提到馬蒂妲出現在他們家中這件事。然而馬蒂妲卻寧可不要迴避這個話題：

「當然還又加上我……這樣一定不容易的，對你們的親密關係而言。我知道的。」

「確實，如果我們是住在一間比較大的公寓裡的話，我們會過得比較好，不過斐德列克太可愛了，他從來沒有絲毫怨言。我們隨時都會幫妳，妳知道的……可是，好啦……我還是想知道妳是怎麼看這些事的。妳知道妳會想要待上多久的時間嗎？」

「我不知道。我可以去朋友家住，如果你們希望的話……」

「不……不……妳已經在自己的家了。」

「……」

「還有妳的工作呢？有得到什麼新消息嗎？這件事也一樣，很難從妳這邊得到訊息。」

這個姊妹之間的「放鬆」之夜開始變調成好像是一場偵訊。有那麼電光火石的片刻，馬蒂妲想就這麼起身離開。她沒有必要忍受這些。然而阿嘉德所提出的問題是合情合理的，在她看來卻是難以忍受的侵犯與干預。她覺得自己被羞辱了。她倒是設法擠出好臉色，然後回答：

「是啊，很抱歉。我本來想要跟妳說的。我總算知道了我要被委員會審查的日期。我的校長會發言挺我。不過不會有什麼意外的好消息了。我必須要等到下學期開學才能夠重拾教職，而且會是在另一所學校。」

「我很遺憾。」

「事情就是這樣。」

「那麼在財務方面，狀況又是如何呢？」

「在那之前，我都只能拿到一部分的薪水。就是因為這樣，我在九月之前很難再租下一間公寓。」

「九月……」

「對。」

「我們可以幫妳喔，如果妳希望的話……能幫的不多就是，不過夠讓妳能租下自己的公寓。」

「妳就那麼希望我離開？」

「不是啦！這也是為了妳啊。為了讓妳重新建立妳的生活。妳需要感覺妳在自己家的。」

「我不太知道我需要感覺自己在哪裡。」

「……」

「我可以去旅館住幾天，如果你們想要喘口氣的話。」

「這樣不好吧？！妳需要多少時間就花多少時間。」

「謝謝。」

「而且，妳偶爾也可以晚上出去玩，妳本來有很多朋友的。」

「好的，我會讓你們擁有一些屬於你們自己的時間。一言為定。」

「我這樣說尤其是為了妳啊。這樣不是很好嗎？妳去見一些人，出去玩。轉換一下妳的想法[20]。」

「哎呀正好呢！」馬蒂妲撒謊說道：「我明天跟一個女性朋友有約。是一位老同事。」

「啊，太好了……」阿嘉德回答，同時伸手要求結帳。她被這段對話和酒精搞到筋疲力盡。她想休息了。預先感覺到自己隔天沒有辦法去銀行上班，她決定要以一場想像出來的發燒做為理由。

25

有些人的樣子永遠都不會變，這點真的很奇妙。莎碧娜就屬於這類型的人。馬蒂妲找回的是一張可以定格拿來當作靜止畫面的臉孔。這兩位老同事相約在一家希臘餐廳見面，這家餐廳有供應前菜、主菜、甜點全包的套餐，性價比相當物超所值。一個毫無意義的條件，因為馬蒂妲並不覺得餓。她點了一壺五百毫升的紅酒。莎碧娜因此得出她的同事已經變成了酒鬼的結論，不過莎碧娜的推論一向都過於倉促。

20　作者註：又是一個愚蠢的說法，馬蒂妲想道。講得好像我們可以像是給花瓶換水那樣地換掉我們的想法。

總之，她看起來好像很感動，對於馬蒂妲竟然會打電話給她。

「我當時是那麼地擔心。妳再也不回覆了。我就也不知道還能怎麼辦了。」

「我知道。原諒我。可是在發生了那件事之後，我需要讓自己與世隔絕。」

「妳還是應該打電話給我的……」莎碧娜堅持說道，製造起別人的罪惡感，彷彿正度過難關的人是她似的。面對馬蒂妲的沉默，她用稍微比較溫柔的語調繼續說道：

「總之我想像得到妳一定覺得很糟。學校裡所有人都只談論著這件事。我簡直不敢相信，可是孩子們告訴我這件事千真萬確。怎麼可能發生這種事啊，馬蒂妲？妳怎麼會去打一個孩子？尤其是妳最喜愛的馬特歐……」

「我們見面是為了談這件事嗎？我已經解釋過了啊。」

「對不起，我就是很難理解，如此而已。妳一向都是那麼地用心。對我來說，妳根本是善良的化身。總之，妳現在也是啊……」

「……」

馬蒂妲沒有回答；她覺得人家不是在說她。**善良的化身**。過去幾個星期已經一點一點地抹去了從前她曾經有過的所有樣貌。況且她幾乎想不起來自己以前的樣子了。她的記憶變得很模糊。她得花費相當大的力氣集中精神才有辦法再去想起這位人家說她是善良的化身的年輕女子。當她回頭想起她的人生，她只看見一個被艾提安離棄的女人；她只看見一位被自己的學校解雇的女老師。她用這兩件事實為自己做出總結，兩個動作以極權的形式占據了她的腦海。痛苦的煎熬已經抹去了她的過往。在她看來這件事挺超現實的，竟然有人能夠跟她談論起她曾經是的那個人，她覺得他們談到的是一個不認識的陌生人。

馬蒂妲最後開口說道：「我拜託妳，不要再談論我了。我打電話找妳來，就是為了要讓我走出自己的生活。所以，我當然就想到了妳，因為妳是我所認識的人當中，最喜歡談論自己的人了。」幽默感相當有限的莎碧娜感到有點迷惘，她沒有辦法搞清楚馬蒂妲的最後一句話是一句尖酸的含沙射影之詞，還是一句隨手拈來帶著善意的幽默之詞。話說回來，她說得沒錯，莎碧娜是很愛講她自己的故事。而且，少了馬蒂妲這件事還讓她陷入了無比的慌亂之中。從今以後，她在學校食堂吃飯時要去向誰傾訴自己的事呢？她曾經企圖接近過米蕾葉．巴律許，那位快要退休的史地女老師。可是呢，哎！米蕾葉甚至不知道什麼是Tinder。莎碧娜不想將自己的性生活敘述給一個似乎已經放棄跟男人相關的世界好幾年甚至數十年的女人聽[21]。

於是，莎碧娜在所有同事的耳朵之間徘徊了一陣子之後，才放棄了這個她藉著講述自己情場風流韻事才能得到的樂趣。甚至很可能曾經有那麼一段時期，莎碧娜藉著經歷一些匪夷所思的狀況來讓自己得到樂趣，單單就只是為了能夠敘述這些經歷給馬蒂妲聽；從這個意義上看來，她是我們現代生活的完美代言人。她經歷自己愛情生活的方式，就好像一位在博物館中只為畫作拍照卻不真正好好欣賞畫作的觀光客。

諷刺到極點的是，就在馬蒂妲重新出現在莎碧娜人生中的這一刻，莎碧娜卻再也沒什麼了不起的事可以說了。她很幸福，而幸福在說故事的層面上是一種無聊得要命的東西。然而，馬蒂妲還是裝出一副什麼都想知道的樣子。莎碧娜在Tinder上遇到了安東尼，他是一位圖書館員。

「老實告訴妳，我不是真的很喜歡他的外型。可是我受夠了那些沒有明天的韻事。那些已婚男人、猶豫不決的男人、我知道他們永遠不會退出那個應用程式的那種男人，這些我全都遇過。所以當我逛到他的檔案的時候，我猶豫了一下，而所有條件中最讓我中意的，是他的大頭貼，照片是在一座圖書館前面拍的。妳不知道這點有多麼稀罕。我甚至是第一次看到有人這樣做。我們開始聊起來，而這是我第一次跟一個男人聊天的時候覺得他不是渴望可以盡快見到我。他是想要認識我。他對我提出好多的問題，妳明白嗎？這點，也是頭一遭。通常，人家會問我問題，但是他們並沒有在聽我的回答。他們只是在等待跟我上床的時候匆匆

21 作者註：事實上，米蕾葉．巴律許馬上就辨識出了莎碧娜以獨白的方式攤開自己生活的驚人能力。於是乎，在她們首次交談的時候，她就裝出一副什麼都聽不懂的樣子，而這個伎倆成功了。她可以繼續安安靜靜地吃飯。此外，米蕾葉．巴律許的性生活其實比外表看起來要來得有趣又驚人多了。不過那是另一個故事了。

瀏覽我。他呢，則是真正地感興趣。我談到了我的童年，多虧了他，我總算把我以前經歷過的某些事情說了出來。我明白到自己的脆弱還有我對自己缺乏自信的根源。你有在聽我說話嗎？」

「有啊，當然有。」馬蒂妲說謊。

「啊，好吧，妳看起來像是在想別的事情。」

「完全沒有。所以後來……你們見面了？」

「對。不過在那之前，我對他提出了一個最後的問題。妳想知道是什麼問題嗎？」

「想啊。」馬蒂妲回答，覺得莎碧娜老是要再三確認別人有沒有在聽她說話或是人家對她說出來的某個新細節是不是感到興奮，這種方式真是有夠令人難以忍受。所以對她而言，光是講話並不足夠，還得要人家在她說的話下面鋪上一張紅地毯才行。

「最近幾個星期以來，我對自己提出了不少質疑。我的意思是說專業層面上的。妳會覺得這件事很蠢，但是我真的想知道當一個西班牙語老師到底有什麼用。我真的覺得大家越來越不在乎西語老師了。最要緊的是會說英語。所以就這樣，我問了安東尼，問他對這件事有什麼看法。我問他，在他看來，教授西班牙語的意義是什麼？妳知道他是怎麼回答我的嗎？」

「不知道。」馬蒂妲回答，對最後這一記回馬槍感到沮喪，說得好像她若知道那位圖書館員的回應是一件身為人類有辦法做得到的事情似的。

「他跟我說：『多虧了妳，妳的學生才有辦法用羅貝托・博拉紐（Roberto Bolaño）[22]的母語閱讀他的作品。而這件事，實在棒透了。』妳明白嗎？我愛死他的回應了。我告訴自己這麼做確實有其意義。事實上，我讓我的學生讀了《2666》的整個第一部分，有些學生對小說世界中那種奇異的美感深感驚豔。妳呢，妳讀過這部小說吧？」

「沒有。」馬蒂妲又再度說了謊。她當然有讀過博拉紐，可是據實回答具有讓對話陷入作品分析的風險。馬蒂妲一點也不想跟莎碧娜分享絲毫的文學感受。

22　譯註：羅貝托・博拉紐（Roberto Bolaño）：一九五三～二〇〇三，著名的智利詩人、小說家，作品在美國被翻譯出版後造成轟動。《2666》是他最後一部小說鉅作，在小說家肝癌過世後才於二〇〇四年出版，原本作者的遺願是希望將這部一千多頁的小說按照五部章節分成五冊出版，最後出版商還是在遺族的同意之下將小說以單本出版。

這晚的聚會變得越來越難以忍受。莎碧娜講的故事讓馬蒂妲感到厭惡。所以說她再也不是那個代表善良化身的年輕女子了。我們會因為受到苦難的試煉而變成壞人嗎？得要相信確實如此。如果人生對我暴力相向，那麼我就會變得暴力，這也許可以成為馬蒂妲的新命題。就在她思索著這些事的當下，莎碧娜還在繼續揭露她與安東尼新生活的連續劇。整個晚上，她都沒有一刻稍微有點分寸地想起她所面對的這位年輕女子正在經歷一段特別痛苦的危機，而且就算是這個人催促她談論自己，她也還是大可想到套用一種比較含蓄的形式來說。或者是一種比較有禮貌的形式。但完全沒有。她什麼都講。最初的幾次約會，餐館菜單的細節，一起去電影院看的電影，初吻和對彼此的身體的探索，沒完沒了的對話（這點對馬蒂妲而言倒是最容易想像的部分），彼此分別的人生故事，其中包括關於童年特別漫長的段落，尤其是安東尼在蘭斯（Reims）度過的童年，正好可以回頭講講這個城市順便分析一下它的大教堂；想要去柏林、東京、檀香山旅行的渴望；提到政治信仰的時候稍微有點緊張的局面；把對方介紹給家人認識，這點代表了一個重大的里程碑；對於他們昔日戀情的回顧，一開始安東尼避談自己曾經受到同性戀情的誘惑，至於莎碧娜則是跟很多男人睡過。總之這一切組織起來就好像一部美麗的小說那樣，而且是一部可以一再持續寫下去的小說，然而就在這確切的一刻，正講到一段令人難以置信的小故事時，就是剛剛才發生的、他們昨天才在街上遇見了歌手阿蘭・蘇雄（Alain Souchon）這件事，「很不可思議不是嗎？」她的敘述硬生生地被馬蒂妲插嘴打斷：

「我不在乎。」

「什麼？」

「所有妳跟我講的事情，我都不在乎。妳無法想像我不在乎到了什麼程度。有史以來妳跟我講的所有事情也都是一樣的狀況。在我看來，妳的人生是全世界最無趣的事了。我寧可挖破自己的耳膜也不要繼續聽妳講下去。」

「……」

「我今晚會見妳，只是為了要給我姊姊一個交代。她希望我出去玩，希望我重拾社交生活。而我不知道自己為什麼會蠢到這個地步去想到妳。我忘記這麼做代表的是什麼樣的折磨了。」

「……」

「反倒是有一件事我同意妳的看法：妳的安東尼，他應該是個挺棒的人。因為要能忍受妳，得要真的很堅強才做得到。」

「……」

「我就讓妳買單了，妳很清楚我現在沒有工作。」馬蒂妲說完這句話便站起身來，離開了吧檯。

莎碧娜有好幾分鐘都處於震驚的狀態中。她的眼淚也一樣處於震驚的狀態，以至於淚水沒辦法流出來。她最後終於回過神來，付了錢然後自己也走了出去。她只有一個願望：回到安東尼身邊好告訴他剛才所發生的一切。

26

第二天早上，阿嘉德對她妹妹提出了幾個問題，詢問關於她的晚間聚會。馬蒂妲聳聳肩，單單就只是說，能夠再見到這位朋友是一件多麼令人感動的事。

27

幾天之後，阿嘉德詢問妹妹：

「下個星期二，我跟斐德列克受邀參加一個非比尋常的晚會，地點是在大皇宮。而且，馬克宏會去喔。能見到他本人是我的夢想！請妳看顧莉莉會不會造成妳的困擾？」

「下個星期二？」

「對。」

「我很抱歉。那天是莎碧娜的生日，我答應過她一定會去的。」

「啊，沒關係。我們找保母就是了。而且妳晚上有活動真是太好了。妳知道要送她什麼嗎？」

「知道啊，當然是一本博拉紐的書。」

「啊，我不認識呢。」

馬蒂妲本來想回答：「對啊，我就猜妳不會認識。」不過她寧可把這句話保留在她心裡。她越來越常遇到這種把想要丟向她姊姊的矛頭給煞住的情況。最好是要避免讓情況變得更糟。住在一起這件事，再加上還是在一個頗為受限的空間裡，早就加重了要容忍別人個性的困難度。尤其這是馬蒂妲感受到的情緒。她對阿嘉德的態度持負面看法，常常覺得她很單純的就是蠢。她那種有時候興奮起來的方式就好像是一個傻傻的青少女：「馬克宏會去喔。能見到他本人是我的夢想！」而且，在她滿懷善意的樣貌之下，她隱藏住一種更變態的個性。儘管話是由斐德列克所說的，但很明顯地想要把她趕走的人就是阿嘉德。她不敢面對面地告訴她，她裝模作樣地說可以等，不過馬蒂妲已經沒有任何懷疑了——她的姊姊想要擺脫掉她。

兩天之前還發生了另一件怪事。馬蒂妲在房間裡跟莉莉玩，在對她搔癢的時候，小女孩放聲大笑，就像所有的小孩會笑的那種方式，全然地、欣喜若狂地大笑。那是一個屬於阿姨與外甥女之間得天獨厚的特殊時刻。阿嘉德走進房間然後觀察到這個場面，她短暫地沉默了一會兒之後才說：「這裡玩得真開心啊……」她的語氣乾澀，甚至於我們可以從中聽出一絲苦味，如果不要說是嫉妒的話。最近幾個星期以來，馬蒂妲無庸置疑地與她的外甥女更親近了。那是一種感官上的契合。莉莉喜歡被她的阿姨抱在懷裡，酷愛與她肢體接觸，而且有時候當她被媽媽抱在身上時還會顯得沒有那麼開心。阿嘉德一定感受到了，就是有一些工作太忙碌，或是資產階級有錢人家的母親，當她們注意到自己的孩子對奶媽表現出比對自己更強烈情感的時候那種感覺。當然，她對於自己的女兒與妹妹之間所建立出的那種連結感到高興，然而她知道這種關係到了某個時間點上就應該要轉換性質的。這樣才會讓莉莉更專注在自己的媽媽身上。馬蒂妲搞錯了，以為自己察覺到一絲嫉妒；幾乎就要到那個程度，但其實嫉妒還沒有變成嫉妒；就說大家都還在嫉妒的岸邊漫步吧。

28

接下來的那個星期二，馬蒂妲正準備去參加那個不存在的慶生晚會。這真是她的存在的完美寫照。她覺得自己好像每天都更接近過著**一種不存在的人生**。她在一個王國裡遊蕩，在那裡她所有的行動都沒有辦法正確地具體表現出來。如果說她的過去變得越來越模糊，那麼她的未來便轉變成了一種沒有人會相信的怪異形式。兩姊妹互相祝福對方有個愉快的夜晚，然後馬蒂妲還加了一句：「妳幫我好好地親一下艾曼紐[23]喔。」臉上浮現出一個大大的微笑，阿嘉德回答說她不會錯過的。什麼都比不上一絲小小的幽默感，哪怕是最可笑或是最蹩腳的也好，就足以讓人相信一切都很好。她們的關係真的變得很可悲啊！

馬蒂妲選擇了一家位於城市另一頭的酒吧，她確定在那裡不會遇到任何她認識的人。她之前猶豫了一下要不要去看個一、兩部電影，但是她終究沒辦法自己一個人去看電影；她跟艾提安在一起時，這是他們最喜愛的消遣之一。他們是買了月票的會員，會去看所有的片子，不管看什麼都好。他們原本幾乎每個星期天都會去看電影的[24]。所以她寧願選擇進來這家頗為陰沉的小酒館，而且，像是為了讓此刻的落魄變得更嚴重似的，她還在大廳的最深處坐了下來，就在靠近廁所的地方。這是一間被老舊霓虹燈光穿透的後廳。除了正在跑路的人或是名不正言不順的情侶（結果還是同一件事）之外，沒有任何正常人會有理由坐在這裡。奇怪的是，馬蒂妲在這裡感覺還挺不錯的。這是一個不會與她的任何回憶產生衝擊的地方。這個地方的醜陋讓人完全可以有身在異鄉的感覺。她注意到在另一邊，有兩個男人似乎在用波蘭語交談。

女服務生走過來。她在馬蒂妲面前站定，不發一語。她是不是每次開口說一句話就會損失一部分的工資呢？她就這樣乖乖地等待著眼前的顧客自動自發地說明自己現身此地是為了哪種酒精。馬蒂妲最後點了一杯不加冰塊的威士忌，依然沒有聽到女服務生說話的聲音。這個女人也許是個前衛藝術的天才，努力嘗試著不用開口表達就可以工作的方式。還有另一種可能性：她清楚得不得了，當我們來到這裡，坐在這個陰沉酒吧的最深處時，就是因為我們不想要說話。

23 譯註：馬克宏總統的名字。

24 作者註：馬蒂妲突然想到她那張已經不再有好處的電影會員卡。起初，這是一個非常好的會員制度，因為票價真的便宜多了。便宜到會讓你想知道院線經營者這樣怎麼會有賺頭。說實話，他們只需要稍微等待一下就行。提供這種優惠的電影院必定是心想，買了月票的會員遲早有一天會被人拋棄，而且還會繼續支付月租費卻不再去電影院看電影。有鑑於當代情感生活的不穩定，人們最後總是會受騙上當。在心碎的時候，誰還有辦法跑一趟郵局去寄掛號信，好完成什麼鬼解約手續呢？所有誘人的商業優惠都只不過是奠基於客戶未來潛在的絕望之上。

馬蒂姐一連喝了三杯威士忌，連頭都不覺得暈。以前，兩杯香檳就足以讓她走路搖搖晃晃。苦難給人定了保持清醒的罪。要逃離自己是越來越困難了。一個五十多歲的男人走過來，在她附近坐下。馬蒂姐立即看出他依舊在努力展現出他的最佳狀態，然而他出現在這裡這件事就足以把他從成功的世界中拉下來。大腹便便的，我們猜得出來他酒喝很多，他鼓脹脹的肚子顯然就是大量吞嚥啤酒造成的結果。他最後開口對馬蒂姐說道：

「妳太漂亮了，不應該出現在這裡。妳有什麼毛病？」

「我沒有毛病。除了您跟我說話這件事之外。」

「妳別裝了。如果妳出現在這裡，那就是有什麼事情不太對。如果有什麼事情不太對，那麼說出來總是會比較好。尤其是跟一個陌生人說。而且跟一個喝醉的陌生人說的話還要更好，因為他甚至明天就不會記得妳跟他說了什麼。」

「你到底是想從我這裡得到什麼？」馬蒂姐不客氣地說道，這次輪到她不用敬語對那個男人說話。

「沒有特別要什麼。」

「你想跟我上床嗎？」

「什麼？」

「你想要的就是這個吧？不要讓我以為你跟我說話是因為你對我的人生感興趣。你他媽的跟我的人生能有什麼關係？你就是想操我。像你這樣噁心的老頭會遇到一個有點迷惘的年輕女子，肯定是天上掉下來的狗屎運。你心想反正試試看又花不到半毛錢。好啊，你做得很好。今天是你的幸運日。我就想要被人占有。我不確定你喝了那麼多是不是還有辦法做得到，但我們還是可以試試看。那麼我們走吧？你住在哪裡？」

「……」

那個男人就住在酒吧樓上。他簡直不敢相信。有那麼一刻，他突然冒出一個想法，想到這個女人也許是個瘋子然後會把他殺了；可是大家都看到他們一起走出酒吧了。不，她一定是個花痴吧。這是最有可能的假設。但有什麼地方不太對勁。他感覺到事情並非如此。當然啦，我們沒辦法從一個人的臉上看出這個人的性生活，不過他有一種直覺，這個女人已經很久沒做愛了。看起來她像是剛出獄，然後就撿到了第一個遇到的男人。可是……她還真的是滿美的。她大可找到任何一個男人。那麼為什麼是他呢？他覺得自己被她的美麗給迷住了，一種如此強烈的激情，讓他有可能會沒辦法跟她做愛。

他們才走進那間跟樓下的酒吧一樣破爛的公寓，她就把那個男人推到沙發上。她馬上開始撫摸他的褲襠，然後解開他的褲子。他的陰莖被隱藏在他層層的肚皮之下，馬蒂妲花了片刻抑制住自己的噁心感。她的腦袋再清醒不過。她的態度與酒精沒有任何關係。有好幾次，她都對自己提出這個問題：弄髒自己的身體難道不就是忘記艾提安的最好方法嗎？和隨便誰上床，那些最微不足道的男人，在眾多其他身體中稀釋掉對艾提安身體的記憶。事實完全是另一回事。她再也沒有任何價值了。她想要被冒犯、被蔑視、被暴力相向也有何不可，才好讓自己的感覺與她對自己的看法保持一致。

當她用嘴含住他的陰莖的時候，他還是硬了起來。馬蒂妲使盡渾身解數，彷彿她的生存與否必須仰賴在這個男人的高潮享受上頭。他呻吟得越來越大聲，發出動物般的嘶吼。他最後把手放在了馬蒂妲的頭上，伴隨著動作用力地按著她的頭。男人終於在達到高潮的時候發出了一聲滿足的叫喊。他命令她保持這樣的姿勢再久一點，直到歡愉最後的痙攣都結束為止。在一片昏暗中我們什麼也看不清楚，無法得知這個女孩的精神狀態。說真的，就連她自己都不知道自己在想什麼。有那麼一瞬間，在口交的過程中，她猶豫著要不要訴諸暴力，把陰莖咬到流血；但最後，她還是決定讓他得到充分的滿足。她的嘴裡還滿口都是他的精液的時候，她決定嚥下這些精液。她又繼續撫摸了那個男人一會兒，然後她便突然起身離去。

29

回到家時，馬蒂妲發現所有人都已經睡了。保母也離開了，然而時間才剛過午夜。一走進房間，她就走向那張小床。莉莉的眼睛睜得大大的，馬蒂妲認為她是在等她回來才要入睡。

30

夜裡，馬蒂妲被從浴室傳來的聲響吵醒。好像是有人在嘔吐。第二天早上，她發現面色蒼白的阿嘉德。

「妳昨天喝太多了嗎？」馬蒂妲問道。

「根本就沒有。我不知道我是怎麼了。」

「那麼晚會好玩嗎？」

「不怎麼好玩。而且甚至連馬克宏都沒來。我們很早就回家了。妳呢？」

「很溫馨。我見到了一些老同事。這點令我挺開心的。」

「啊，那就好。我今天會待在家裡。我跟銀行請了假。」

「妳做了正確的決定。」

「妳可以帶莉莉去托兒所嗎？」

「我們為什麼不就自己帶她呢？我們三個人一起待在家裡。」

「好啊……如果妳希望的話。」阿嘉德回答，然而她心裡想的其實是相反的。

她感到那麼的不舒服，以至於她不希望女兒待在家裡讓她更累，可是要對這樣的提議說不而不冒著被當成缺乏關愛的母親的風險，是一件很複雜的事情。

在馬蒂妲幫莉莉準備早餐的時候，阿嘉德回到床上。小女孩每一天看起來似乎都有點不一樣。過去一起度過的這兩個月下來，她的阿姨觀察到了這種日積月累、無可避免的變化。她的未來會是什麼樣子呢？一個幸福的人生，有和善的雙親陪伴。將來遲早有一天她勢必要因為一個男人而受苦。或者也許情況將會剛好相反？終究會出現兩種陣營。勝利者與被打敗的人。馬蒂妲再也沒有疑問：她就是屬於第二種陣營的人。而且看起來要改變陣營是不可能的。除非在愛麗絲夢遊的仙境裡然後找到某條通往一個魔幻世界的通道。馬蒂妲至此已經深信自己的人生之路只會通往死巷。下學期開學，她會重拾工作。以她單獨的一份薪水，很顯然她是不可能搬進一間太大的公寓的。遲早有一天，她會得知艾提安與依莉絲結婚了，或是他們已經生了一個孩子。也許甚至已經生了兩個。然後她什麼話也不可以說。那再也不是她的人生了。她最好是徹底地切斷與所有那些他們共同的朋友之間的聯繫，這點會讓她的孤獨變得更加嚴重。還剩下的是她的情感生活問題。她可以像莎碧娜那樣所為，在社群網絡與交友網站上註冊，接二連三地約會，抱著希望能找到對的人，那個可以讓她忘記艾提安的人，可以讓她相信愛情還有可能降臨的人。可是才不呢，不可能會有這種事。愛情已經死了。她從此再也無法期盼任何事了。她最後會跟一位同事約會，也許是一位史地老師。她的眼前已經浮現出他的樣子，他是那麼地容易想像：高大，消瘦，他在三月的時候就會穿起短袖襯衫，因此展露出他長長的、毛茸茸的手臂給大家看。他們交往幾個月之後就會一起搬進一間比較大的公寓，然後他們晚上會聊些學校裡的問題，還有某些學生。夏天的時候，他們會去西班牙度假，或是去拜訪馬蒂歐在德龍省或是多姆山省的家人。對了，他的名字會叫做馬蒂歐。然後大家會說馬蒂歐跟馬蒂妲在一起真是有趣，因為名字有一點像，意思就是他們是天造地設的一對，當然是這樣。他們在四年之後會生一個兒子，然後再生一個女兒。老大會熱愛足球，老二會喜歡跳舞。在照片上是看起來很完美的四人組。再也沒有人有辦法知道馬蒂妲依然而且永遠都屬於被打敗的人的陣營。然而有一天在街上偶然遇到艾提安的事實將會讓她確認自己的感受。他們會交換幾句稀鬆平常的對話，她會覺得他還是一樣帥，而這點還是會讓她難過。他們會刻意迴避太具體地談到他們的生活，彷彿是為了不要再傷害到他們的回憶。這段偶遇將會擾亂馬蒂妲，然後當天晚上，一旦孩子們都睡了，她會在廚房裡給自己倒一杯葡萄酒。然後是第二杯。幾個月之後，她會找一個情人。他們會偶爾上床，而她會從中獲得樂趣。她將會只想著這件事，她的秘密性愛約會。然後她將會再次發現這是一條不通的死路。完全就像她對自己的孩子的感受，母愛似乎與情感之愛一起屈服倒下了。好在，馬蒂歐會是一位很棒的父親。好歹她在這件事上面沒有搞砸。他一直都保持殷勤，然而她在他身邊卻感到越來越無聊，如果說至少已經有那麼一次她沒有被他們的對話搞得面色鐵青。然而，她不會離開他的。她會另外再找一個情人，然後再另外再找一個。然後孩子們會長大離家。馬蒂歐跟馬蒂妲就會有一個新的人生要過。他會為一個空泛的歷史小說計畫而忙碌，這個計畫永遠不會有實現的一天。而她最後會離開他好去大步丈量幾處被打敗者陣營尚未開墾的疆域。

她沒有辦法得知她所勾勒出的故事的後續發展，因為她的姊姊在呼喚她。

「妳覺得怎麼樣？」

「我吐了好多次，不過有比較好一點了。」阿嘉德回答。

「妳要不要我幫妳泡一杯花草茶？」

「好啊。謝謝妳幫我。」

「不客氣。」

馬蒂妲去廚房裡泡茶。莉莉朝她爬過來。就是在這個時候馬蒂妲突然產生了一個直覺。回到她姊姊身邊，她問她：

「妳確定妳不是懷孕了？」

「真的嗎？妳覺得是這樣？」

「妳沒有喝那麼多。妳一直吐……」

「可是我有吃避孕藥……」阿嘉德輕聲說道，感到有點尷尬。

「妳有可能會忘記吃啊……」

「有可能，對欸。」她承認。

「好，我要帶莉莉出去走走，然後我就順便幫妳買一支驗孕棒好了。」

「謝謝。」

她完全就是這種人，就是不完全老實。吃避孕藥只吃一半也完全就是她這種人的作為。她好狡猾。她老是這樣。就好像那個時候她沒跟她正面說過就介紹男人給她認識。她讓別人去面對一些狀況然後他們之後也不能再說什麼。她們的整個童年她都是這個樣子，現在她仔細想想才發現，她就是個自私的女人，就只是個自私的女人。而且莉莉才這麼小，她幾乎都沒有在照顧她，那麼想要再有一個孩子是什麼鬼想法啊？為了拍照好看，就只是為了拍照好看。還有就是為了對付她。為了要更鞏固自己的優越地位。那是一種對她喊話的方式：「妳看啊，馬蒂妲，妳還是一樣什麼都沒有，而我卻繼續讓我的完美人生變得更盡善盡美。」一切都太不公平了，她不會再多擁有一個第二個孩子。

31

一定要相信確實是如此。

驗孕的結果顯示是陽性。

阿嘉德投向她妹妹的懷抱。

覺得害怕的馬蒂妲，裝出一副很高興的樣子。

「最重要的是，妳一點也不要告訴斐德列克喔。」阿嘉德明確地說。

「啊，不會吧，為什麼？」

「只要我懷孕還沒滿三個月，我寧願還不要讓他知道。」

「妳怕他會叫妳拿掉嗎？」

「才不呢……完全不是這樣……」阿嘉德回答，感到震驚。「這麼做只是出於迷信啦。我寧願等到很確定的時候再告訴他……」

32

也許是因為這個美妙的好消息，或者是因為她妹妹泡的花草茶，無論如何，阿嘉德在這天下午的時候覺得自己已經好多了。她要去沖個澡，穿好衣服然後收拾一下房子。莉莉在睡午覺，幾乎已經睡了一個鐘頭。這天下午的天氣特別的好。

阿嘉德要求妹妹來幫忙她修剪陽台上那幾枝常春藤，它們長得太過旺盛了。馬蒂妲不帶絲毫熱忱地接受了，畢竟包住宿也是含有一些必須要盡的義務。她去房裡找了一件厚毛衣來穿，儘管陽光普照，她覺得她在外面還是快要凍死。阿嘉德很快地繞了一圈，照顧放在地板上的花盆。花瓣們看起來好像在幸福中游泳。然後她打開梯子，帶著剪刀爬上三階。因為她們已經做過一次了，馬蒂妲應該要扶住姊姊的腰。在雲端上的阿嘉德一面修剪葉子，一面向它們道歉，活像個動畫裡會跟樹木與動物說話的女主角。阿嘉德爬下來，然後把梯子往左邊移動了兩公尺，她再度爬上三階。她的正前方是懸空的。她彎下腰。然後就在非常確切的這一刻，馬蒂妲乾淨俐落地推了她一把。

阿嘉德馬上失去平衡，甚至連發生了什麼事都不知道。她墜落的時候發出一聲猛烈到令人難以忍受的叫喊。我們會以為那聲叫喊持續了很久，而且甚至在馬蒂姐的耳朵裡還依然持續著，可是並非如此，叫喊聲了不起就只有兩秒鐘或三秒鐘，取而代之的是一記悶響——她的身體撞擊在地面上的聲響。她當場死亡。

33

看到墜樓的目擊者抬眼望向大樓。馬蒂妲及時往後退，然後走去叫醒了莉莉。有人叫了救護車，即便已經沒什麼好救的了。消防隊員上樓來到公寓，而震驚的馬蒂妲，懷裡抱著一個嬰兒，反覆地說著這太可怕了。

有人通知了斐德列克，他立刻從公司返家。面對依然在大樓底下，上面蓋了一張床單的妻子的屍體，他崩潰了。淚水以一種很可觀的方式從他的眼裡冒出來。他一回到家，便打電話給他的一位表姊妹，請她來把莉莉接去。無論是他還是馬蒂妲的狀況都不適合照顧小女孩。在消防隊員之後，輪到警察來訪。他們必須詢問馬蒂妲，以試圖了解發生了什麼事。她抽抽搭搭的，無法說出連貫的句子，只有辦法說阿嘉德今天生病了，還有說她還太過虛弱，不該起床去修剪常春藤。而且她有嘗試勸阻她別那麼做，要她務必待在床上卻徒勞無功，當她想要做一件事的時候，沒人阻止得了。「對，真的是這樣。」斐德列克證實道。

警察問馬蒂妲悲劇發生的時候她在做什麼：「我跟莉莉在一起。我們當時正在玩。」

尾聲

Épilogue

Deux soeurs

葬禮那天，斐德列克看起來好像迷失了方向。他嘴裡發不出任何聲音。總之，也沒什麼好說的。家人、朋友、熟人、同事，所有人組成一大群，這群人看起來好像是死了。然而就在阿嘉德的棺材被放入土中的那一刻，斐德列克發出了一聲痛苦的哭喊。馬蒂妲想到了她的母親，幾乎就是同一種哭喊聲，痛苦彼此團聚了。

接下來舉辦了某種有點悲情的雞尾酒會。在這樣的時候，彼此之間該說什麼呢？大家多次談到莉莉。意思就是必須要為了她繼續活下去。對啊，當然，斐德列克結結巴巴地回答。孩子就是活著的理由，大家繼續這樣說。然後他便開始啜泣，因為想到他的女兒身邊再也不會有媽媽陪伴。在他眼裡，這是最難以忍受的事，他沒有去想到自己變成了鰥夫的這件事，而是一直想著莉莉變成了孤兒。他知道母親對自己的愛，在他的人格塑造與自信建立上具有決定性的影響。她沒有辦法長途跋涉到巴黎來，她住在尼斯，而且病得越來越重，媳婦慘死的消息讓她感到萬念俱灰，死亡很快就會輪到她了。

馬蒂妲處於一種退縮的狀態。每一次有人為了向她致哀過來看她，她就躲躲藏藏。完全跟斐德列克一樣，她覺得自己沒有辦法說話。她停留在一種奇特的五里霧中，大部分的時候對於自己的責任不再具有任何意識。她相信那個官方版本，就是那個愚蠢墜樓的版本，有一天生病又發燒的阿嘉德冒著欠考慮的風險修剪她的常春藤。相信到她的態度不至於透露出絲毫的罪惡感。隨後，現實又回到了她的主要記憶中；而那就像是她的眼前長了刺一般。

雨果怯生生地走向她。她沒在第一時間認出他來。他表達了他的哀悼，她聚焦在這個男人的嘴上，然後想起了他吃花生米的樣子，這才想起了他還有那場安排出來的相遇。馬蒂妲熱情地跟他打招呼，吻了他兩邊的面頰，像是在補償過去對他的冷淡。雨果後來會展現出他真的是斐德列克的一位很棒的朋友，永遠願意對他伸出援手並且支持他。不只是在生活中，職業生涯中也一樣。很快地，他就會在赴外省參加一場研討會的時候遇見一個女人，然後他終於會感到幸福快樂。

接下來，所有人都回家去了。

然後幾個星期過去。

有一天，斐德列克把放在床頭邊桌上的一張阿嘉德的照片收進了抽屜。每天早上醒來都要看到這張照片實在是太痛苦了。而且，所有人都告訴他應該要向前看。有時候，他會很驚訝地發現自己度過兩、三個小時都沒有想到阿嘉德的死，彷彿他終於有辦法沒有她也活得下去了。

每天晚上，他的幸福就是回到莉莉身邊。

馬蒂妲是那樣盡心盡力地照顧她的外甥女，讓她很自然地成為一位代理母親。她很快就會重拾工作，然後就可以租一間新公寓，不過她寧願留在斐德列克身邊好好照顧他和莉莉。她感覺自己就在屬於自己的位置上。她甚至覺得她所體會到的是一種前所未有的感受。跟艾提安在一起的時候，總是存在著某種不舒適的感覺，熱戀會迫使你們把最細微的舉動都包裹在柔軟暖和之中，迫使你們過度預期對方的反應，迫使你們最後迷失在人心無政府狀態的迷宮裡。馬蒂妲現在心平氣和，她照顧著一個男人、她照顧著一個小女孩。她早就想要這個位置了。理所當然屬於她的就是這個位置。她現在什麼都明白了。她為了找到幸福採取了行動。要怎麼感到內疚呢？在她周遭的一切，喜樂又重返崗位，而且比從前還更加燦爛。昨晚，斐德列克在吃晚餐的時候甚至放聲大笑。而在此同時，莉莉熟睡著，臉上帶著恬靜的微笑。對，這點毫無疑問。在等待她的就是這個人生。馬蒂妲只是很單純地知道要抓住這個人生。很快地，她就會建議斐德列克找個保母，好讓他們兩個可以一起出門。也許他們甚至會再次去聽舒伯特。那天晚上，他們過得是那麼的開心。他們可以再度在夜裡漫步，回味他們對音樂會的印象，那樣將會非常美妙，美妙絕倫，而且到時候再也沒有任何事可以打斷他們。

沒有了，再也沒有了。馬蒂妲是為了轉換陣營而採取行動。她是個勝利者。她剛剛收到新的任職通知，她被分發到離公寓頗近的一所高中。真是完美。很快地，她就會再次講起福樓拜；很快地，她將會在街上遇見艾提安與依莉絲，而她會覺得那樣也無所謂。就連依莉絲隆起的肚子也會讓她無動於衷。她反倒只會有一個願望：感謝他們。要不是因為他們，她就不可能會認識到現在的幸福。等他們的兒子出生時，她會送禮物過去的。

每天晚上，斐德列克和馬蒂妲都一起吃晚餐；現在，他們比較少提到與阿嘉德一起的往事了，她漸漸地離開了他們的對話。他會談論他的工作（對於工作的熱情是他的生存動力中一項決定性的元素）。她會講到福樓拜，晚上有時候她會讀一些福樓拜作品的段落給他聽。從來沒有真的讀過小說的他，越來越為之感到驚豔。就在朗讀《情感教育》的當下，他們聽見莉莉在哭。馬蒂妲暫時停下朗讀，過去把小女孩抱在懷裡。幾分鐘之後，她又睡著了。馬蒂妲回到客廳：

「沒事了，她睡著了。」

「謝謝。」

「不客氣。」

「妳把莉莉照顧得那麼好。我不知道該怎麼感謝妳……對於妳所做的一切。」

「別這樣說。這麼做是很正常的。」

「……」

馬蒂妲坐回沙發上，拿起她的書。可是她沒有重新開始朗讀。她感覺到斐德列克的目光落在她身上，於是她刻意避開以免兩人眼神交會，他最後對她說：「阿嘉德是那麼的幸運，有像妳這樣的妹妹。」

才說完這句話，他就把手伸向馬蒂妲的臉。一綹頭髮落在她的臉上，遮住了她的左眼。他輕巧地把那綹頭髮撥到她的耳朵後面。

國家圖書館出版品預行編目資料

姊妹 / 大衛・芬基諾斯 (David Foenkinos) 著; 賈翊君 譯. -- 初版. -- 臺北市：皇冠文化出版有限公司, 2022.03　面； 公分. --（皇冠叢書；第5014種）（CHOICE；350）
譯自：Deux sœurs
ISBN 978-957-33-3869-7（平裝）

876.57　　111003600

皇冠叢書第5014種
CHOICE 350

姊妹

Deux sœurs

作　　者—大衛・芬基諾斯
譯　　者—賈翊君
發 行 人—平雲
出版發行—皇冠文化出版有限公司
　台北市敦化北路120巷50號
　電話◎02-27168888
　郵撥帳號◎15261516號
　皇冠出版社（香港）有限公司
　香港銅鑼灣道180號百樂商業中心
　19字樓1903室
　電話◎2529-1778　傳真◎2527-0904
總 編 輯—許婷婷
責任編輯—黃馨毅
行銷企劃—蕭采芹
美術設計—葉馥儀設計工作室
著作完成日期—2019年
初版一刷日期—2022年03月

法律顧問—王惠光律師

讀者服務傳真專線◎02-27150507
電腦編號◎375350
ISBN◎978-957-33-3869-7
Printed in Taiwan
本書定價◎新台幣 300 元/港幣 100 元